BBN
B•BOY NOVELS

狼に捧げたい

—眷《けん》愛《あい》隷《れい》属《ぞく》—

夜光花
スト／笠井あゆみ

この物語はフィクションであり、実際の人物・
団体・事件等とは、一切関係ありません。

CONTENTS

狼に捧げたい

―眷《けん》愛《あい》隷《れい》属《ぞく》―

■1　出会い

弐式耀司《にしきようじ》は建てつけの悪い玄関の引き戸を開けた。すんなりとはいかなくて、人一人が通れるスペースを開けるまでガタガタと軋《きし》んだ音がした。

奥から異臭がする。耀司は顔を顰《しか》め、背後に立っている男性を振り返った。

「すごい臭《にお》いだな、生きてるといいんだが」

耀司の視線の意味を察して、男が困ったように顎髭《あごひげ》を撫でる。男は四十代くらいの中年男性で、名前を弐式和典《にしきかずのり》という。えらの張った顔つきに無精髭を生やしていて、プロレスラーみたいにがっしりした体格をしている。今日は仕立てのいいスーツを着ているのだが、どこかでボタンを失くしたらしく右の袖口から消えている。和典は父の弟で、耀司にとっては師匠と呼ぶべき存在だ。

「俺、まだ十五なんですけど。腐乱死体を見るには早すぎるんじゃないですか。トラウマになったらどうしてくれんの？」

耀司はにこりともしないで和典に言った。耀司が開けた玄関の奥から、強烈な臭いが漏れている。あきらかに物が腐ったような臭い。なるべくなら家の中に入りたくないと思わせる悪臭だ。

「しょうがないだろ。使える子どもが君しかいなかったんだから」

和典はからかうような目をして言う。周囲の大人は耀司に対して、子どもであるにもかかわらず敬意を払った態度を取るが、父の弟である彼だけはいつも小馬鹿にしたような態度で接してくる。そうされると年相応の子どもだと自覚できて和典の前でだけは気楽でいられていい。

耀司はある特殊な一族に生まれた。弐式家は代々眷属《けんぞく》を使って悪霊や魔物を追い払うことを生業としている。誰でも眷属を従えることができるわけではなく、十八歳の誕生日を過ぎてから試験を受け、合格した者だけが眷属を憑《つ》けることができるのだ。

耀司は十歳の頃秩父《ちちぶ》にある山を登っている最中、狼の眷属と出会い、例外的に契約を結ぶことになった。一族ではごくまれに若い時分に眷属と契約を結ぶ者がいる。耀司は本家の長男という立場にあり、子どもの頃から霊力が強かった。

本来なら十八歳を過ぎてから眷属と共に仕事をするのだが、耀司はすでに何度か仕事をこなしていることもあって今回和典に駆り出された。和典には十歳の頃から指導してもらっていて、耀司にとっては叔父というより師匠という感じだ。和典は几帳面《きちょうめん》な父と違って豪快で適当な男で、牛の眷属をつけている。

和典に今日連れ出された場所は、群馬の観光地近くにある平屋の一軒家だった。

学校が休みの朝、強引に和典の運転する車に押し込まれ、道中理由を聞かされた。弐式家の遠縁にあたる一家がいるのだが、連絡がつかなくなったという。父親は失踪し、母子二人の生活をしていたらしく和典が半年に一度くらい電話を入れていたそうだ。その母親は去年辺りからヒステリックになる傾向があり、和典からの連絡を拒絶するようになっていた。子どもは現在十歳くらいの男の子がいるが、和典は実際会ったことはないという。

「どうもヤバいことになってるっぽいんだよなぁ」

ハンドルを握りながら和典はため息をこぼした。

耀司たちが暮らす本家の屋敷は高知にあるので、群馬までは車で長旅だった。

「虐待《ぎゃくたい》、っての？　怖い映像が浮かんできちゃって」

和典いわく、シングルマザーの母親が子どもを虐待しているのではないかという。といっても実際見たわけでも聞いたわけでもなく、霊視として捉《とら》えただけなので外部の人間には言いづらい。和典は先月、気になって彼女の家を訪ねたそうなのだが、何もないと言い張って家に入れてもらえなかった。しつこくするなら警察を呼ぶとわめかれて仕方なく退散したそうだ。

「学校には行ってるの？　その子」

助手席から耀司が聞くと、休みがちではあるが一応通っていたと教えてくれた。

「けど、先月くらいに引っ越しするって学校に連絡入れたみたいで、その後は通ってないそうだ。っていうか引っ越しするって言ったそうだけど、俺が視《み》た感じじゃ引っ越してないんだよね」

和典は遠い親類とはいえ、母子家庭の二人を心配している。情に厚い男なのだ。

「眷属さんに聞いたら、一族の子どもを連れて行けってアドバイスされてさ。つったら耀司を連れて行くしかないでしょ」

和典に横目で見られ、耀司はふーんと呟《つぶや》いた。眷属と契約を結ぶと、眷属と直接会話ができるようになる。和典の眷属である白牛は冷静で堅実な性格だ。その白牛が言うなら大人である和典にはできないことが存在するのだろう。

「俺より有生《ゆうせい》のほうが歳が近いんじゃない？　小学生でしょ？」

耀司は中学三年生で、小学生の子どもと打ち解け合うなら弟のほうが適任ではないかと思ったのだが、和典の反応は冷ややかだった。

「いやぁー、有生はあれ、駄目だよ。あいつ崖っぷちにいる人間を突き落とす奴だから」

小声で和典が言い、耀司はつい笑ってしまった。耀司は弟の有生と年齢が三つ離れている。有生は幼い頃から人嫌いで、いつも一人で行動している。霊力が高すぎるのが原因だと思うが、他人を馬鹿にする傾向が強く、弟ながら子どもらしさのかけらもない奴だ。

耀司には今年四歳になる末っ子の瑞人《みずと》という弟もいる。やんちゃで自己中心的な性格をしているので、早く大人になってルールとか我慢を覚えてもらいたい。

耀司は三兄弟の長男だが、末っ子の瑞人とは母親が違う。特殊な家の宿命か、本家の妻になる女性は長生きしないと言われている。耀司と有生の母親は病気で亡くなり、瑞人の母親も産後の肥立《ひだ》ちが悪くて逝《い》ってしまった。

「まぁとりあえず、がんばってみるけど」

耀司が実体化した眷属の狼を膝に乗せて撫でると、和典が笑って「頼むわ」と答えた。遠縁の母子家庭——その時はあまり深刻な感じはなかった。心の病気を患《わずら》っているならしかるべき医者に診《み》せ、子どものほうは引き離して里親を見つけるか、親類で引き取れる人を探すんだろう。内心そんな段取りを考えて助手席に座っていた。

そして実際、目的の家に着いた時、耀司は思わずぶるりと身震いした。

家から漏れ出る禍々《まがまが》しいオーラが、この家に住む者が危険な状態にあることを教えてくれた。耀司の眷属である狼も毛を逆立て、かすかな唸《うな》り声を上げている。

「こりゃ、ひどいな」

車を庭に駐めた和典が顔を顰《しか》めて言った。和典も家から放たれる妖気に気を引き締めている。

車を降りた耀司は近づきたくないと思う気持ちを押し込め、玄関前に立った。玄関の引き戸を開けると、異臭が漏れてくる。コバエも飛び出してきたし、奥で何か起こっているのは明白だ。和典と気を落ち着かせるために他愛ない会話をした後、耀司はポケットからハンカチを取り出して鼻から下を覆った。

「靴は脱がなくていいかな」

玄関から見ただけで、長い間掃除をしていないことが分かる。埃《ほこり》まみれだし、泥や砂も落ちている。靴下が汚れそうで嫌だったので、耀司は土足のまま廊下に上がった。六畳二間と子ども部屋らしき洋室が廊下で仕切られる造りになっている。トイレや浴室は奥にあるらしいが、異臭は洋室から漂ってくる。

キッチンと繋がっている六畳の居間にはテーブルがあり、そこには遺書らしきメモ書きが残されていた。疲れた、終わりにする。という言葉だけだった。テーブルには誰かが嘔吐《おうと》したような痕が残っていた。遺体はない。

「悪霊の棲《す》み処《か》になっているな」

暗い廊下の壁から続々と悪霊と化したものが出てくる。彼らは突然現れて神気《しんき》をまき散らしている耀司たちに不快感を訴えている。耀司の前に立った狼が大きく吠え、現れる悪霊を片っ端から咬《か》みちぎっていく。和典の眷属である白牛も、角を振り、突進して悪霊を祓《はら》う。

耀司と和典が手を下す前に、眷属たちが場を清めてくれた。淀んだ空気がわずかに消え、足取りが軽くなる。

居間から洋室まで何か重いものを引きずったような痕が残っていた。洋室の前に立つと、和典が何度か咳払いした。

「あー、俺だ。和典だ。美佐江《みさえ》さん、顔を見に来たんだけど」

和典が棒読みで洋室の中に向かって声を張り上げる。当然返事などなく、耀司はため息をこぼした。

「どっちも死んでたらどうするの？　警察を呼ぶ？」

ドアから漏れ出る異臭は誰か死体になっていることを示している。耀司が聞くと和典は困ったように首を振った。

「開けるぞ」

和典が宣言してドアを押し開ける。玄関にも鍵はかかっていなかったが、こちらにも鍵はかかっていなかった。

最初に目に飛び込んできたのは、コバエの群がる腐乱死体だった。髪の長い女性が口から液体を流していた。着ているものは赤いドレスのようだが、手足がところどころ腐り虫が群がっていておぞましかった。自殺を図った母親を、誰かがこの子ども部屋まで連れてきたらしい。奥には長い間敷きっぱなしのような煎餅《せんべい》布団と古ぼけた勉強机がある。

「……柚《ゆず》、君？」

耀司の前に立っていた和典が、腐乱死体に重なっている黒い物体を見て問いかけた。和典の脇から覗《のぞ》くと、腐乱死体を抱えるようにくっついている黒い物体があった。ガリガリに痩《や》せた身体、ぎょろっとした目つき、汚物にまみれた衣服を着ている。黒い物体は、ぼさぼさの頭に黒く汚れた顔をした子どもだと分かった。

「柚君だろ？　俺は、弐式和典。何度かお母さんと会ってるんだけど、知ってるかな？」

和典は子どもに向かって優しく声をかけた。子どもの名前は柚というらしい。和典は親しげに近づいたが、柚の反応は激しかった。

「でていけ!!」

こんな小さな子どものどこから出てきたのだろうと呆《あき》れるくらい、恐ろしい大きな声だった。同時に黒い妖気が柚から矢のように放たれる。白牛がそれらを蹴散《けち》らしたが、先ほどまでの悪霊と違い、力を持っていることが分かった。

「おかあさんはぼくのだ、ぼくのなんだ」

柚は低い声で呻《うめ》き、腐乱死体となった母親の髪を手で梳《す》く。柚の指先に髪がからんで、えも言われぬ気持ち悪さを覚えた。

この子は虐待されていると聞いていたが、死んだ母親にすがるなんて、そんなにしてまで親の愛情が欲しいのかと苛立《いらだ》ちを覚えた。母親だからという理由で？　たったそれだけで何をしても子どもは愛情を持ってしまうのか。

「柚君、お母さんは亡くなっているよ。君も分かっているんだろう？　ガリガリじゃないか。何か食べて、汚れた身体を綺麗《きれい》にしようよ。お母さんのことは俺に任せて、ね？」

和典は膝をついて柚の視線と目を合わせて会話する。

「しらない、ぼく、しらない！」

柚はヒステリックにわめくと、形相《ぎょうそう》を変えた。みるみるうちに子どもとは思えない険しい顔つきになり、息を荒らげた。柚の身体に重なって禍々しい悪霊ができあがっていく。まだ十歳だと聞いているが、よほど家庭環境が悪かったのだろう。柚は悪霊を造り上げるほどに堕《お》ちている。良くも悪くも一族の血を受け継いでいる。

「おかあさん、これでいい。ぶたないから、これでいい」

柚は枝みたいな腕で腐乱死体の首を掻き抱く。

「柚君、悪いけど強制的にそいつを排除させてもらうよ」

和典は説得は無理と判断して、白牛の真名《まな》を口にした。そして白牛から剣を抜き出す。光り輝く剣に柚は怯《おび》え、獣みたいな声でわめき始めた。

「和典さん、ちょっと待って」

耀司は気づいたら和典の腕を摑んでいた。悪霊を退治して柚を引き離すのは簡単だが、そうすると柚のダメージが大きく、嫌な記憶だけが残ってしまう。哀《あわ》れな小さな子ども——けれど、十歳といえば話が通じる年齢のはずだ。一言言ってやらないと気がすまないと思い、耀司はハンカチをポケットにしまって和典を押しのけた。

柚はいきなり現れた耀司に目を吊り上げる。

「お前、それでいいのか」

耀司は子どもを見下ろし、冷たい声を上げた。柚が耀司を見上げ、一瞬視線がぶつかり合う。そこで初めて、耀司は柚が綺麗な瞳をしているのに気づいた。全身汚いのに、瞳だけが鳶色《とびいろ》の光を放っている。

「お前の母親はお前を捨てたんだ。そんな死体を後生《ごしょう》大事に抱えて、馬鹿じゃないか」

耀司がずかずかと近寄り言うと、柚がびくりと震え上がった。背後で和典が「うあー」と頭を抱えている。有生が言いそうな発言を、自分がしたから呆れているのだろう。けれど目の前にいる小さな存在を黙って見ていることはできなかった。怒りや苛立ち——哀れな存在である柚を、哀れな存在のままにはしておきたくなかったのだ。

柚は案の定、獣じみた声を上げ、耀司を攻撃してきた。鎌のように鋭い刃が耀司に向かって投げつけられる。柚は思念で、武器を造り上げている。耀司はそれらを右手ですべて払いのけた。柚の造り上げた思念の武器は、耀司にとってはちゃちなおもちゃ同然だった。

「そんな奴、捨てろ」

耀司はなおも柚に向かって厳しい声を投げた。柚は攻撃が効かなくて、ぽかんとした顔で耀司を見つめている。

「す……てる？」

柚は意味が分からないと言いたげに、繰り返す。捨てるという発想がこの子にはなかったのだろう。母親から捨てられるのを死ぬほど恐れていた彼は、自分から母親を捨てるなど考えたこともないに違いない。

「こんな汚くて臭い場所から出ろよ。俺が新しい場所に連れて行ってやるから」

耀司は強い視線を柚に向けた。柚はそれまでわめいていたのが嘘のように毒気が抜けたような顔になった。あんぐりと口を開け、ただひたすら耀司を見ている。

耀司は手を差し出した。柚はしばらくの間その手を凝視していた。何を差し出されているか分からない、そんな顔をしていた。

「早く来い」

耀司はじれったくなって柚の腕を摑んだ。想像以上に細い腕は力を込めたら折れてしまいそうだった。柚はどうしていいか分からなかったようで、耀司が引っ張り上げるとすんなりと母親の遺体を手放した。その軽い身体を耀司は肩に担《かつ》ぎ上げた。

「和典さん」

振り返って目配せすると、和典が我に返った顔つきで剣を構えた。和典の剣は悪霊の核となる赤い珠を一突きで貫く。悪霊の断末魔《だんまつま》の声が家中に轟《とどろ》き、柚の身体が大きく震えた。見ると気を失っている。どれくらい食べていないのか、痩せすぎた身体は栄養不足なのに違いない。おまけにひどく臭う。

「お前を連れて来て正解だわ」

家に棲みついた悪霊を次々と消し去ると、和典は晴れ晴れとした笑顔で言った。これから警察に電話して事情を説明しなければならない。腕の中には意識のない子どもがいる。本家に連れ帰ったら父には呆れられるだろう。けれど討魔師《とうまし》としての素質は十分ある子だ。父も否やとは言わないはずだ。

「まず食事、それに風呂だな」

耀司は子どもを外に連れ出して呟いた。

■2　人生を捧げたい

伊勢谷柚《いせやゆず》はそわそわと廊下を行ったり来たりしていた。

廊下の拭き掃除も花の水やりも盆栽の手入れも終わってしまった。時間を持て余して奥の和室にいる弐式初音《にしきはつね》——通称巫女様に何か用はないか聞いたが「何もない」と言われた。御年《おんとし》八十一歳になるという巫女様は和装で紙垂《しで》を作っていた。この屋敷のご意見番、一族を導く霊力の高い巫女だ。

仕方ないので一度掃き掃除をした正面玄関前をもう一度掃いた。玄関を綺麗にすると福が来るというから、これできっと福が二倍来るはずだ。

玄関の引き戸が開いて、半年前から住み込みで働いている使用人の曾根崎《そねざき》薫《かおる》が姿を現す。三十代の地味な風貌の痩せた女性だ。続いて山崎《やまざき》、野中《のなか》、使用人を束ねる木下《きのした》という三人の初老の女性が出てくる。

この屋敷で働いている女性たちは、当主と本家の長男が帰宅した際には表玄関でお迎えに上がるというしきたりがある。といっても主《あるじ》が帰ってきたという知らせがあるわけではない。この屋敷に住んでいると、一般人でもしだいに霊感が強くなり、主の帰宅を察知できるようになるのだ。

「お帰りのようですね」

木下が呟くと、遠くから車の音がした。

（耀司様が帰ってきた）

柚はカーディガンのポケットから手鏡を取り出して自分の顔をチェックする。鏡には目の大きい白い細面《ほそおもて》の顔が映っている。昔から顔だけは可愛いと言われてきた。親に感謝することは一つもないと思っているが、綺麗な顔に産んでくれたことだけはありがたく思っている。髪の乱れがないか念入りに確認し、ボタンのかけ間違い、糸のほつれがないかも再確認する。

よし、完璧だ。

柚は近づいてくる黒い車に向かって背筋を伸ばした。車は正面玄関の近くまで来ると横道に逸《そ》れて駐車場に向かう。その間柚は腰を九十度に曲げて出迎えた。ややあって、横道から車を降りた二人の男性が歩いてくる。

「お帰りなさいませ」

「お帰りなさいませ」

使用人たちが口々に言う。

「お帰りなさいませ、耀司様」

柚も顔を上げて言うと、先頭を歩いていた男性が優しく微笑む。百六十五センチの柚より十五センチも高い長身の男性で、凛々《りり》しい顔立ちをしている今年二十六歳の本家の長男、弐式耀司だ。胸板が厚いので黒いスーツがびしっと決まっていて惚れ惚れするほどのスタイルのよさを誇っている。何度見てもうっとりするし、この世の奇跡だと心底思う。

その神々《こうごう》しい耀司の後ろを歩いているのは、金井《かねい》修介《しゅうすけ》という冴えない顔つきの若者だ。耀司と並んで立つと影が薄くて視界に入ってこない。似たような黒いスーツを着ているのに、そのオーラの差は哀れなほどだ。

「ただいま」

耀司がぽんと柚の頭を軽く叩く。それだけで柚は胸がいっぱいになり、頬を赤らめて笑顔を振りまいた。

「お勤め、ご苦労様です。お疲れですよね、お風呂の用意も食事の用意もできていますので」

柚が耀司の荷物を受け取ろうとすると、笑って身を引かれた。

「いいよ、これは。ちょっと厄介なものが入っているから」

耀司はそう言って黒いバッグを柚の手の届かない場所に移動する。耀司に気遣われているのを感じ、柚は嬉しいような情けないような複雑な気持ちになり玄関のドアを開けた。

「あ、耀司様、お帰りですか。ご苦労様です。金井君もお疲れさん」

音を聞きつけて廊下の奥からやってきたのは中川《なかがわ》という眼鏡の男だ。中川は耀司の片腕といっていい立場にあり、仕事のマネジメントを請け負っている。柚としては羨《うらや》ましいばかりの存在だ。

「一息ついたら見てもらいたいものがあります、後でいいですか？」

中川は奥へ向かう耀司と肩を並べて歩きながら言う。

「ああ、分かった。柚、お茶淹《い》れてもらっていいかな」

ちらりと柚を振り返り、耀司が言う。柚は顔をほころばせて「今すぐお持ちします！」と答えた。

耀司が屋敷に戻ってきた。今回の任務は時間がかかったのか一週間ほど屋敷を留守にしていた。その間寂しくてつまらなくて、柚は自分が花だったら枯れそうだと思った。

耀司は柚にとって恩人であり最愛の人だ。あの人のためならなんでもやる。

耀司のためのお茶を淹れながら、柚は自然と笑顔になっていた。


柚がこの屋敷に来たのは十歳の時だった。

柚は小さい頃、母と二人で暮らしていた。母はシングルマザーという状況で精神を病み、柚に対して暴力を振るったり食事を与えなかったりするようになった。最初は小学校に通っていたこともあってそこまでひどくなかったのだが、異変を感じ取った教師が家庭訪問をするようになると虐待がひどくなった。最後のほうは引っ越しをすると学校側に嘘をつき、自宅に柚を監禁した。

母は虐待する一方で良心の呵責《かしゃく》にも苛《さいな》まれていたらしい。睡眠薬を大量に摂取し、還《かえ》らぬ人となった。

柚は母が死んだ後も家から出ることができずにいた。外に出るなと言われていたのを忠実に守り、家に残っていたわずかな食料で生きながらえていた。母の死体が腐敗した頃には柚の精神もおかしくなっていた。暴力を振るわなくなった母を優しい母親になったと勘違いし、遺体を片時も離さずに過ごしていた。柚が住んでいた地域は民家も少なく、母の遺体が異臭を放っていても誰も様子を見に来なかった。

そんなある日、突然現れたのが親戚だと名乗る耀司と和典だ。あの時の柚は母を奪い去りに来た嫌な奴らとしか認識していなかった。臭《にお》いというのは慣れるものらしい。柚は母のことを臭《くさ》いとも思わなかったし、死んでいるという概念もなかった。せっかく優しくなってくれた母親を奪おうとするなんて、絶対に許せないと怒りが湧いた。

柚は知らぬうちに悪霊を造り上げていた。悪霊は柚と同化し、やがて柚の命も取り上げようとしていたのだろう。けれど、そんな柚に耀司が手を差し伸べてくれた。

「そんな奴、捨てろ」

耀司は柚に向かってきっぱりと言い切った。

それまで柚は、母に捨てられることはあっても自分が捨てることなど考えたこともなかった。母に捨てられるのが怖くて、愛情を失うのが怖くて、母の言うことならなんでもしたし、どんな苦痛にも耐えてきた。

耀司はその母を捨てろという。

捨てていいんだ。

柚は目から鱗《うろこ》が落ちる思いだった。そう言われたとたん、今まで耐えてきたつらい記憶が一気に蘇《よみがえ》った。今思えば、あの時柚の心は母から一瞬離れた。母に捨てられたら生きていけないと思っていた柚に、耀司は新しい世界があると言い切ったのだ。その瞬間を見逃さず、耀司はそこから柚を引っ張り出した。

今でも覚えている。あの時の耀司の力強い手、ぬくもり、すべてが新鮮で柚の心に新しい風が吹いた。

その後、柚は一週間ほど入院した。栄養不足で一人で立つこともできないくらいだったのだ。腹が満たされ、身体を清められると、急にこの先どうなるのだろうと不安になった。看護師は優しくしてくれるが、柚にとっては得体の知れない気持ち悪さがあって素直に対応できなかった。

退院の日、和典と耀司が迎えに来てくれて、どれほど安堵《あんど》したか分からない。

「今日から俺の家に住むから」

耀司はそう言って柚を車に乗せた。耀司の父親である丞一《しょういち》が柚を引き取ってくれたと教えてくれた。

迎え入れられた家は大きくて見たことのないようなきらびやかさがあって、柚は戸惑うばかりだった。柚はそこで新たに学校に通わせてもらい、時々屋敷の雑事を手伝って過ごした。

柚と遠縁だという弐式家は特殊な一族だった。眷属と契約し、悪霊や魔物を祓う討魔師という仕事をしていたのだ。柚にも才能があると耀司が言ったので、それを信じて十八歳になった時、討魔師の資格を得るため試験に挑んだ。

結果、無事合格し、柚は鹿の眷属を憑けて討魔師となった。

十歳の時に出会って以来、柚にとって耀司は恩人であり、憧《あこが》れであり、最愛の人だ。二十一歳になった今、屋敷に住み込み、時々討魔師としての仕事を受ける生活をしている。耀司は「独立してもいいんだよ」と言ってくれるが、耀司と離れたくなかったので、まだまだ勉強することがあると断った。

耀司は優しくて包容力があって、霊力も高いし最高の人だ。耀司の傍《そば》にいられるだけで幸せだ。いつか耀司に恩返しをしたいと思っているが、なんでもできる耀司に返すものがない。どうしたら耀司に喜んでもらえるだろう。目下《もっか》のところ、柚はそればかり考えて過ごしている。

「柚さん、お茶なら私がやりますのに」

耀司のためのハーブティーを淹れていると、薫が厨房に慌てて駆けてきた。薫は棚に置かれていた箱を取り出す。

「いただいたおまんじゅうがあるので、お茶うけにどうぞ」

薫に促《うなが》され、柚は即座に箱の裏を確認した。粒あんのまんじゅうと書かれている。柚は流し台を拳《こぶし》で叩いた。

「いいか、耀司様はこしあん派だ！」

柚の剣幕《けんまく》に驚いて、薫が「は？」とたじろぐ。

「耀司様の好きなお茶の温度は少し熱め、あんこはこしあん、チョコレートは苦手だが、エクレアは好き！　クッキーはぱさつくので苦手！　よく覚えておけ！」

柚がまくしたてると、薫がぽかんとした様子でこくこく頷《うなず》いた。よし、と息を整え、柚はトレイにハーブティーを淹れた茶器を置いて厨房を出た。

長い廊下を二度曲がって、中川と耀司がよく使う和室に向かう。

「お茶をお持ちしました」

障子《しょうじ》を開けて中に入ると、中川と耀司はパソコンの画面を見て難しい顔をしている。どんな仕事でもこなしたいと思っている柚だが、耀司が手掛けているワンランク上の仕事には、つかせてもらったことがない。中川は事務処理能力に長《た》けている男で、耀司の信頼が厚い。

「ありがとう」

柚の目から隠すようにさりげなくパソコンの画面を閉じ、耀司が微笑む。

「中川と話があるから、もういいよ」

「はい、では」

本当はもっとこの部屋にいていつまでも耀司を見つめていたいが、あまりしつこくして嫌われるのは困るので、柚は一礼して部屋から下がった。

（さて、それじゃ……）

柚は廊下を進むと、中庭で一人煙草《たばこ》を吸っている金井を見つけた。庭の桜の木は花を全部落としてしまっていて、少し寂しげな装いになっている。縁側に置かれたサンダルに足を通し、金井の背後に近づく。

「金井、どうだった？」

先ほどまで耀司に見せていた天使の微笑みとはがらりと変わり、柚は冷ややかな目つきで金井に声をかけた。金井が振り返り、笑顔になって煙草を消す。

「あ、柚さん。ども……」

金井は十九歳で、最近討魔師になったばかりだ。今回は耀司が指導役になり、仕事をこなしてきた。

「仕事状況を報告しろ」

柚が言うと、金井はぽかんとした。

「あれ、柚さん、いつもと雰囲気が……」

耀司の傍で頬を紅潮させて微笑んでいた柚が見たことのないような冷たい目つきをしていることに気づき、金井が戸惑ったように言う。

「俺のことはどうでもいい、今回の仕事で起きたエピソードをすべて吐き出せ」

柚がにこりともしないで続けると、金井がへどもどしながら今回の仕事の状況をあれこれ語り始めた。まとめて話そうとするので、どんなことが起きたか全部言え、とすごむと、焦《あせ》ったように記憶を辿《たど》って話し出す。

「……というわけで、最後は耀司さんが全部倒しちゃって、俺にも少しは任せてほしいなって」

愚痴《ぐち》っぽく金井が呟いた瞬間、柚は金井の胸ぐらを掴んでくわっと目を見開いた。

「貴様《きさま》のような三下《さんした》が、耀司様を批判するとは何事か！　この屑《くず》野郎！　そこは耀司様の荷物持ちをやらせていただいてありがとうございますだろうがぁ!!」

柚が怒鳴ると、ひぃっと金井が身をすくめる。

「あ、や、でもあの……」

「大体、お前ごとき下っ端が耀司様と組めるだけでもありがたいことなんだぞ！　感動に打ち震えろ！　あの人の技を目の前で拝《おが》めるなんて、貴様、どんだけ前世で功徳《くどく》を積んできたんだ！神のごとき耀司様の傍にいられることができて光栄ですと繰り返せ!!」

柚の迫力におののいて、金井がぶるぶる震える。

「あ、は、はい、こ、光栄です……!?」

「神のごとき耀司様の傍にいられることができて光栄です!!」

「か、神のごとき耀司様の傍にいられることができて光栄です!!」

柚に負けじと声を張り上げた金井を見て、柚は一転してにっこりと笑った。

「うん、素晴らしい」

天使の微笑みに戻った柚に金井が頬を赤らめる。満足げに頷く柚の耳に、潜《ひそ》めた笑い声が届いた。振り返ると、中庭の松の木の後ろからのっそりと出てきた男がいる。

「あー、タスマニアデビルがカツアゲしてるの見ちゃった」

通った鼻筋に切れ長の目つき、ひょうひょうとした態度の長身の青年が柚を見てニヤニヤする。本家の次男、弐式有生だ。耀司の三歳下の弟で、かなり力のある白狐《びゃっこ》と契約している。

気に食わない奴が現れたと柚はこめかみをぴくりとさせた。有生は柚のことをよくタスマニアデビルと称する。タスマニアデビルは有袋類《ゆうたいるい》の中で最も危険な肉食動物と言われている。見かけはとても可愛いが、恐ろしい声で鳴く生き物だ。

「誰がカツアゲだ。クソ狐《ぎつね》が」

柚が睨《にら》みつけると、有生は唇の端を吊り上げて柚を見下ろしてくる。有生はこの一族の中でも特殊な力を持っていて、一緒にいる人を怯えさせたり、不安な気持ちを抱かせる能力がある。柚も例外ではなく有生といると嫌な気持ちが湧いてくる。だからいつも気を張って対峙《たいじ》している。以前耀司に聞いたところ、有生は苦もなく他人の弱点を見抜くことができて、かつそれを攻撃することができるそうだ。

「あ、それじゃ俺はこれで」

金井は有生を恐れるように、もごもごと口走り、素早く去っていった。

「カツアゲじゃないの？　あーうんうん。耀司兄さん教への強制入信だよね。毎回ご苦労様」

有生はさらに小馬鹿にした顔で笑った。

兄の耀司は素晴らしい人なのに、何故弟の有生はこんなに嫌味っぽくいけ好かない奴なのだろうと柚は不思議になる。十歳の頃からこの屋敷に住み込んでいるので有生とも馴染《なじ》みだが、一向に仲良くなる気配はない。それは有生が成長するにつれ変な方向へねじ曲がっていくからだ。

「おーい、有生」

さっさとこの場から立ち去ろうとした柚だが、中庭を走ってくる男が見えて足を止めた。ジャージー姿で元気いっぱいに駆けてくるのは山科慶次《やましなけいじ》だ。討魔師になったばかりの新米で、なんと眷属が子狸《こだぬき》という異例の新人だ。今は有生と組んで仕事をしているらしい。

「あ、柚もいたんだ」

慶次は柚に気づくと満面の笑顔でハイタッチしてきた。柚はこういうノリは苦手だが、慶次とは親しいので許している。はしゃいで柚と肩を組む慶次に、有生はさも気味悪そうに顔を顰めている。

「仕事で来ていたのか？」

柚が慶次に聞くと、慶次は一転して難しい顔になって愚痴をこぼし始める。有生と組んでいるせいで仕事中、衝突することが多いそうだ。この男とスムーズに仕事をこなせるはずがないので当然だと慰めておいた。

「先ほど耀司様もお帰りになったぞ」

柚の言葉に慶次が目を輝かせ、母屋《おもや》に顔を出そうかなと照れ笑いした。

「柚はいいな、耀司さんと仲良くて。俺なんか未だにしゃべる時、ちょっと緊張するもんね。にこにこ笑う人でもないしさぁ」

慶次と仲がいい理由――それは慶次も耀司のことを尊敬しているからだ。慶次は狼と契約した耀司に憧れ、かっこいいなぁといつも目を輝かせる。その一点だけで柚は慶次を好いている。

「そうか？　耀司様は笑顔を絶やさない人だぞ。いつも笑いかけてくれるじゃないか」

「それは柚にだけだって」

慶次と話していると、つまらなさそうに立っていた有生が慶次の頭に腕を載せる。有生の腕の重さで慶次が前のめりになり、仕返しとばかりに蹴り上げた。残念ながらその足は空振りし、慶次がよろける羽目になった。

「耀司さんを褒めるとすぐ機嫌悪くなるのやめろよな」

慶次は有生の背中にジャブを打ちながら文句を言った。

「別にぃ？　そーゆーわけじゃねーし」

有生は慶次のパンチなど蚊が止まったようにしか感じないらしく、そっぽを向いて言う。この二人はおそらく友達以上の関係なのではないかと柚は思っている。有生の態度が他の人に対するのとはあからさまに違うし、二人が一緒にいる時の空気が独特なものだからだ。慶次は負のオー

ラを放つ有生といても平然としていられる希有《けう》な人間だ。

「ところで」

話しているうちに思い出したことがあって、柚はいやいやながら有生に視線を向けた。

「何か耀司様は問題を抱えているのか？　最近帰ってくると中川と二人で話し合ってることが多いんだが」

先ほどもそうだが、耀司は最近憂《うれ》えた表情をすることが多い。よほど大きな案件を抱えているに違いない。柚には教えてくれないが、有生なら何か知っているのではないかと探りを入れてみた。

「そうだねー」

有生は答える気がないようで上の空の返事だ。

「俺にできることはないのか、一体どんな問題を抱えているんだ」

有生の態度にイライラして柚はなおも言い募った。ふっと有生が振り返り、何か面白いことでも思いついたみたいに、にやーっとした。

「耀司兄さん、お見合いするみたいよ」

思いがけない一言に柚は一瞬頭が真っ白になった。

「きっとそれで悩んでんじゃない？」

からかうように言われて柚は硬直した。耀司が見合い——本家の長男としていずれ嫁を取らなければならないのは分かっていたが、まさかそんな——。

「柚、騙《だま》されるな。こいつ嘘ついている時の顔だぞ」

横から慶次が肘を突いて言ってきたが、柚の頭の中には耀司の見合いという一言が渦巻《うずま》いていた。大好きで憧れて一生傍にいたいと思っている耀司に妻——柚は耐えられなくなってその場に膝を折った。

「おい、しっかりしろ。柚」

慶次が心配そうに背中を擦ってくるが、あまりのショックで言葉も出てこなかった。そういえば耀司はさりげなく柚にパソコンの画面を見せないようにしていた。実はあそこには見合い相手の写真が映し出されていたんじゃ……。

「真っ青になってる。超ウケる」

有生の高笑いする声を聞きたくなくて、柚はふらふらと立ち上がった。

「あ、大丈夫……だから」

駆け寄ってくる慶次に強張《こわば》った顔を向け、柚は離れに向かっておぼつかない足取りで進んだ。

柚は耀司を最愛の人だと思っている。

耀司以上に想える相手は存在しないし、耀司が帰ってくるたびに頭をぽんとされるだけで天にも昇る気持ちになる。

母親に虐待されていたのが原因か分からないが、柚は女性が苦手だ。しゃべるだけならまだいいが、触れ合ったりするのは気持ち悪くて駄目だ。物心ついた頃には耀司と性的な関係を結べたらと妄想していた。男なのに男に抱かれたいなんて、自分は同性愛者なのかもしれない。けれどそれが柚の正直な気持ち、本音だった。

その耀司が見合いをする。

うすうす感じていたことだ。耀司はいずれ結婚して子孫を残さねばならない。分かっていたけれど耀司はまだ若いし、慕ってくる女性がいるのは知っていたが誰か一人と結ばれている気配はなかったので安心していた。

(とうとうその日が来てしまったのか)

柚はがっくりとうなだれた。

■3　存在意義

柚は母屋と隣接して建っている離れで暮らしている。使用人が寝泊まりする建物で、六畳一間の個室が六部屋と共同浴室、トイレがある。昔からある建物なので廊下は軋むし、窓ガラスや桟《さん》など古いタイプの建築だが、長年住んでいることもあって愛着がある。最初に連れられてきた時は木下が柚の世話をしてくれたので、見よう見まねで使用人の仕事もこなしていた。

討魔師になった時点で耀司から使用人の仕事はしなくていいと言われたが、長年本家に尽くしてきた習慣もあって今でも雑事を引き受けている。だがこんな日は——耀司が見合いすると知った今日くらいは仕事を休もうと柚は部屋に引きこもった。

柚の部屋には勉強机と箪笥《たんす》、押し入れの中に布団と積み上げた収納ケースがある。収納ケースには耀司からもらった服や帽子、文具やおもちゃが大切にしまわれている。

(耀司様の相手……どんな人なのだろう)

畳の上にごろりと横たわり、柚はもんもんともの思いに耽《ふけ》った。おそらく身分のしっかりした綺麗な女性が妻になるに違いない。自分と違って学もあるだろう。耀司の好きな女性のタイプは知らないが、清楚《せいそ》で奥ゆかしい人かもしれない。耀司のことはいつも見ていたから、最初の彼女も二番目の彼女も知っているが、どちらも綺麗な人だった。

（憎い……っ、耀司様の相手が憎い！）

寄り添って手を繋いだりいちゃいちゃしたりしているところを見たら平常心ではいられない。そうなったらこの屋敷を出て行くことも考えなければ。

（見合い、ぶち壊そ……）

暗い想像を巡《めぐ》らせていると、胸の辺りからすーっと白い煙のようなものが出てきて柚の傍に浮かび上がった。白いすらりとした身体つきに立派な角を生やした鹿——柚の眷属で真名を藤風《ふじかぜ》という。

『柚、波動が落ちている』

白鹿は静かな光を帯びた眼差《まなざ》しで柚を見つめて言う。波動というのは本人が発しているエネルギーみたいなもので、今の柚のようにどんよりと暗くなったり憎悪や怒りを抱えると下がっていくものらしい。白鹿いわく、あまり下がりすぎると眷属が憑いていられなくなるらしく、指摘されて無理にでも上げるよう指示される。

「分かってる……、うう、とりあえず寝るから」

柚は暗い表情で押し入れから布団を取り出して横になった。柚の昔からの信条で、つらい時はとりあえず寝る、というのがある。眠ることによってリセットするのだ。

耀司の見合い話で受けたショックを緩和《かんわ》するため、柚は眠ろうと目を閉じた。眠くはなかったが布団に入ると案外眠れるもので、ノックの音に気づくまで五時間も眠りについていた。電気の点《つ》いていない暗い部屋で起き上がり、寝ぼけ眼《まなこ》で時計を見る。すでに夜の八時を回っている。

「柚、俺だけど」

ドア越しに耀司の声がして、柚は目をぱっちり開けて飛び上がった。

「耀司様!?」

急いでドアを開けに走ると、目の前の廊下に耀司が立っている。柚は覚醒《かくせい》して、背筋をピンと伸ばした。

「す、すみません!　寝ていました、何か用事でも!?」

めったに離れには来ない耀司が姿を現すくらいなので、頼みたいことでもあったのかと思ったが、耀司は屈託なく笑って柚の寝癖のついた髪を弄《いじ》った。

「いや、夕食を食べに来ないから。具合でも悪かったのか?　こんな時間に寝ているなんて珍しいな」

耀司に聞かれ、柚はぶんぶんと首を振った。

「いえ、ぜんぜん大丈夫です」

耀司に心配をかけるなんて恐れ多いと柚は胸を張った。

「そうか、ならいいが」

耀司に行こうと促され、柚は寝るまでの鬱々《うつうつ》とした思いが吹き飛び、笑顔になってその後ろについていった。夕食をとらないだけで耀司に案じられるなんて自分はなんという幸せ者だろうと耀司の背中をうっとりと見つめた。

使用人の住む離れと母屋は渡り廊下で繋がっている。いつの間にか辺りはすっかり暗くなっていて小雨が降っていた。耀司はスーツを脱いで和装に着替えている。藍色《あいいろ》の着物が似合っていて、惚れ惚れする。

耀司を素敵《すてき》だと思う一方で、見合いの話を思い出してどんよりした。耀司に直接どうなっているか聞いてみたい。

「あの……耀司様」

柚が意を決して口を開くと、「ん？」と耀司が立ち止まって振り返った。

「その……見合い、を……」

はっきり聞けなくてうつむいて口ごもると、耀司が首をひねった。

「見合い？　見合いがしたいのか？」

「俺じゃなくて！」

勘違いされてつい大声で言い返してしまう。耀司は不可解そうな表情で柚を見やり、続きの言葉を待っている。

「あの……見合い、するんですか？　耀司様」

悶々《もんもん》としたままではつらくて、柚は思い切って尋《たず》ねた。耀司はしばらく考え込んだのちに、困ったように笑った。

「なんだい、その話。積まれてる見合いの写真でも見たのか？　父は早く子どもを作れとうるさいけど、見合いなんてしないよ」

耀司にあっさり否定されて柚は一転して晴れやかな顔つきになった。

「そうなんですか！」

あれほど悩んでいたのに、間違っていたのか。嬉しくなって柚はスキップしたくなったほどだ。

「ああ。見合いというか、結婚をする気もないよ」

耀司は明かりの点いている母屋に目をやり、低い声で呟いた。

「えっ」

「弐式家に入った女性って長生きできないだろう」

一瞬浮かれそうになった柚に、耀司が淡々とした声で呟く。自分にとって都合のいい答えが返ってくると思っていた柚は、耀司の思考が自分の想像とはかけ離れたところにあったことを知った。

「母も若くして亡くなったし、瑞人の母親もあっという間に逝ってしまった。女性は弐式家の籍《せき》に入ると長生きできないって言い伝えがあるんだよ。巫女様は物心ついた時から巫女業をしていたから難を逃れたって話だしね」

耀司は再び歩き出しながら話した。

「結婚してすぐ先立たれるのはつらいからな」

耀司は感情を出さずに語っている。柚は自分が喜んだことを反省した。耀司は相手のことを考えて結婚しないという選択をしているのだ。子どもだけ産んで子孫を残せばいいという考えには至っていない。

見合いをしないという話は嬉しかったけれど、耀司の心境を思うととても喜べるような話ではなかった。柚はどう言っていいか分からず、耀司の隣に立つことで自分はずっと傍にいると伝えてみた。

母屋の食堂に行くと、柚の分の夕食が用意されていた。煮物や煮魚、野菜の天ぷらが並んでいる。母屋の食堂には大きなテーブルがあって、八人くらいが並んで食事ができるようになっている。母屋で暮らしているのは耀司と瑞人、耀司の父の丞一、巫女様、それから中川だ。中川は週のうち三日はここを離れるが、それ以外は母屋で暮らしている。時々ふらっと和典がやってきて居候《いそうろう》しているが、自由な人なのでいない時の方が多い。

柚がもそもそとごはんを食べ始めると、耀司が隣に座ってコーヒーを飲みながら新聞を読み始めた。昔から柚が一人で食事をするような場面になると、耀司は黙って一緒にいてくれる。きっと柚が寂しくないようにだろう。耀司のそういう優しさは柚にとってこそばゆいものだ。

「おお、柚。遅い食事だのう」

食事の最中に奥から巫女様が姿を現した。手には茶封筒を持っている。

「二人そろってるなら、ちょうどいい。仕事じゃ」

巫女様が茶封筒から書類を取り出す。柚は食べていたキンメダイの煮つけを呑み込んで、腰を浮かせた。

「耀司様とですか！」

柚がはしゃいで聞くと、巫女様が苦笑して頷く。次の仕事は耀司と一緒にできるのか。なんてラッキーなのだろう。

「廃寺で不穏な影があるでな。行って、調査して、できれば祓ってきてくれ」

巫女様に言われ、柚は食事の手を止めて茶封筒を開けた。耀司と一緒に仕事をする時は、いつも柚が主体となって行動する。耀司はサポート役として困った時にしか手を出さない。けれど一枚目の廃寺の写真を見ていると、横から耀司が眉根を寄せて写真を奪っていった。

「柚の眷属には合わないいんじゃないか」

耀司は異《い》を唱《とな》えるように巫女様に視線を向ける。写真には荒れた寺が写っていた。一見しただけで魔物が棲みついているのが分かる。

「耀司様がいるなら大丈夫ですよ！　俺の仕事を奪わないで下さい」

柚は仕事を取り上げられては大変とばかりに力強く言い切った。確かに柚の眷属は鹿なので魔物を祓うような荒事《あらごと》には向いていない。けれど耀司がいれば問題ないはずだ。

「相変わらずお主は柚に甘いのう。新しく住職になる者から頼まれたのでな。綺麗にやってくれよ。週末から頼むぞ」

巫女様に笑われ、柚は内心満面の笑顔になった。耀司が自分に甘いなんて……もっと言ってくれ！

「仕方ないな。無理は禁物だぞ」

耀司に苦笑され、柚はもちろんですと何度も頷いた。


巫女様に頼まれた仕事先は、島根の山奥にある寺だった。土曜の朝から耀司と交代で車を運転し、夕方四時過ぎに辿り着いた。暗いうちから出発したのでどうにか日のあるうちに目的地に着いた。何しろ本家は高知の山奥にあり、目的地は島根の山奥にある。ずっと車の中にいたので、車を降りて伸びをするとあちこち強張っていた。

「ここか……」

山門の脇に車を停めると、耀司は朽《く》ちかけた扁額《へんがく》を見上げている。寺の名前はほとんど読めないが、龍という文字だけはなんとなく読み取れた。山門はかつては立派な彩色の雄々しいものだったのだろうが、何が起きたのか柱に釘《くぎ》が打ちつけられた痕が無数にある。

「呪詛《じゅそ》に使われてるな」

耀司が眉を顰《ひそ》めて呟いた。釘の痕はいわゆる呪いの藁人形《わらにんぎょう》というやつらしい。気味が悪くてぶるりとすると、柚の前にすっと眷属の白鹿が現れた。

『そこを通るな』

白鹿は山門に鼻先を向け、カツカツと前脚で地面を踏み鳴らす。言われなくてもそんな呪いに使われたような門を潜《くぐ》りたくない。

「いつ廃寺になったのですか？」

山門の脇から奥に向かい、柚はスーツ姿の耀司に尋ねた。今日は仕事なので柚も耀司もスーツ姿だ。スーツを着ていると耀司は見惚れるほどかっこいい。眼福《がんぷく》だ。

「五年前らしいね。五年でこれほど荒れ果てるとは、何が起きたのか……」

耀司は油断なく辺りを見やって言う。

山門から少し歩くと石段が長く連なっていた。石段の脇には杉の木が何本も生えている。雑草が生い茂り、鬱蒼《うっそう》とした雰囲気だ。

「以前いた住職はどうなったのですか？」

柚は石段を上がりながら尋ねた。耀司に取り上げられたので、くわしい資料を見ていない。

「失踪《しっそう》したらしい。どこへ行ったのか分からないと聞いた。というより、どうやら……」

石段を上がり切ると、前方に朽ち果てた寺があった。屋根の一部が崩壊し、柱が斜めになっている。災害でも起きたのだろうか、あるいは経年劣化《けいねんれっか》なのか。寺社の修繕には金がかかる。お金がなくて潰れていく神社仏閣は山のようにあるから、その一つかもしれない。

「住職はこの辺りで亡くなっているようだな……」

あらぬ場所を見据え、耀司が呟く。耀司は霊格の高い存在から低い存在まであらゆるものを視ることができる。柚は眷属に頼まなければできないが、耀司は誰に教わったわけでもなくそういうものが視えるらしい。

寺の右側には墓地があった。その墓地も荒れ放題で、倒れている墓石まである。ここに来るまでの間、民家はいくつかあったが、最近では空き家も多いと聞く。このありさまを見ると、檀家《だんか》はほぼいないのだろう。

「不浄《ふじょう》なものが多いな……。一度一掃《いっそう》しよう」

柚がお堂の中に入れないか探っていると、耀司が空を見上げて言った。眷属を憑けている柚と耀司には低級霊は近づけないが、じきに日が暮れる。暗くなったらより悪霊が活発になることを案じているのだろう。

耀司は眷属の狼を呼び出した。白く雄々しい狼が現れ、遠くの山まで聞こえるような声で吼《ほ》えた。すると風のような速さであちこちから狼が集まってくる。耀司の眷属である狼がボスであることは一目瞭然《いちもくりょうぜん》だった。眷属の狼の指示で、集まってきた狼たちが次々と不浄の霊を追い払っていく。その光景は圧巻で、柚はただ見ているだけだった。

狼の群れが悪霊をこの場から一掃すると、一陣《いちじん》の風が吹いて辺りのどんよりとした気が爽《さわ》やかなものになった。空気が楽に吸えるというか、心なしか崩れかけた寺も明るく見える。

「ずいぶんボロボロだ。踏み外さないように気をつけろ」

耀司は縁側に土足で上がると、軋む板に気をつけながら言った。縁側の板は腐食しているところもあって、慎重に足を進めた。

堂内にはご本尊《ほんぞん》である十一面観音があったが、かなり汚れていて、魂《たましい》は入っていないようだった。お寺にある仏像には僧侶が魂を込めている。これを開眼《かいげん》と言い、逆に魂を抜くことを撥遣《はっけん》という。寺の仏像が美術館などに展示されることがあるが、この場合魂を抜く作業をしてから飾られることが多い。ここにある十一面観音はただの木の塊《かたまり》だ。ちゃんと拝《おが》んでいた頃は魂が入っていたはずだが、このありさまでは仏も逃げ出したに違いない。

（あれ）

ふと禍々しい空気を感じて、柚は左側の木の柱に彫られた龍を振り返った。気のせいか龍の長い身体に鎖が巻きついているような……。もっとよく見ようと近づこうとすると、耀司が腕を摑む。

「これは、……よくないな」

耀司は目を細めて柱に彫られた龍を見据える。ふいに空気を切り裂くような音が聞こえ、気づいたら耀司の腕の中にいた。何が起きたか分からなくて目をぱちくりさせると、近くの柱に刃物でつけられたような痕が残っている。

『龍が暴れているぞ、危険だ』

柚に寄り添うように立った白鹿が鼻をひくつかせる。龍が突然侵入してきた柚たちに怒りをぶつけてきたのだ。とっさに耀司が自分をかばってくれたらしい。耀司に抱きつけるのは嬉しいが、鋭い音と共に辺りの柱や壁に亀裂が走るのを見て、危険な状態だと察した。

「いったん、出よう」

耀司は柚の肩を抱き、お堂を飛び出た。理由は分からないが龍から憎悪や怒りといったものを感じた。あの龍は何者だろう？

「暗くなってきた。明日出直そう」

耀司は今日中に仕事を終えることを諦め、柚を車に誘った。今夜は近くの宿に泊まることになりそうだ。車に乗り込むと、柚はポケットからスマホを取り出し、宿の手配を始めた。


廃寺から車で四十分ほど先にある老舗《しにせ》ホテルに柚たちは向かった。ホテルのロビーには大輪の牡丹《ぼたん》が活《い》けられ、和紙で作られた洒落《しゃれ》たランプシェードが並んでいた。落ち着いた上品な雰囲気のホテルだ。

「すみません、予約した伊勢谷ですけど」

フロントにいた男性従業員に声をかけると、何故か慌てた様子で「少々お待ち下さい」と待たされる。しばらくして戻ってきた男性従業員が、申し訳なさそうに頭を下げた。

「伊勢谷様、誠に申し訳ありません。シングル二室のご予約をいただきましたが、こちらの手違いでダブルが一室しか空いておりませんで」

柚は目を見開いて拳を握った。仕事で宿泊することになった場合、毎回シングルの部屋を二つ取っている。耀司がゆっくり休めるようにという柚の配慮だ。それがダブル――。

「貴様ぁ！　耀司様に窮屈《きゅうくつ》な思いをさせる気かぁ！」

反射的に怒鳴ると、男性従業員がびっくりして身じろぐ。なおも怒鳴ろうとした口を背後からふさがれ、柚はもごもごと声にならない声を発した。

「柚。そのクレーマー体質、どうにかしろ。――ダブルで構いませんので、お願いします」

柚の口をふさいで、耀司が代わりに対応する。男性従業員が背筋を伸ばして、急いで宿泊手続きを進める。

「耀司様……、相手の非を許すなんて、素晴らしく寛大なお心をお持ちです」

口が自由になり、柚が一転して耀司に潤んだ目を見せると、耀司はため息をこぼした。

「俺はお前にもそうあってほしいんだけどね……」

耀司は困った表情で自分を見つめている。

「俺の心が狭いのは耀司様に関する時だけです」

自信を持って堂々と言い切ると、耀司が苦虫を嚙み潰したような顔で下を向いてしまった。

フロントでの手続きを終え、鍵をもらって部屋に移動した。手違いで取れた部屋はダブルの大きなベッドにゆったりしたソファのある洋室だった。夜景も見えるし、部屋自体は悪くない。

「柚。そういえば金井に何か言ったんだろう」

持ってきた荷物を解き、明日のための耀司のシャツや靴下を取り出していると、ネクタイを解きながら耀司に言われた。耀司はベッドの縁に腰かけ、柚を咎《とが》めるような目で見ている。

「金井？　何かありました？」

なんのことか分からなくて柚が首をかしげると、耀司がまたため息をつく。

「金井の口調が本家に戻ってから急におかしくなった。軍隊の下っ端《ぱ》みたいに」

じろりと見られて、ようやく柚にも理解できた。にっこり笑顔になって耀司のためのコーヒーを淹れ始める。このホテルはコーヒーセットが充実していてよい。

「ちゃんとやっているようですね、安心しました。耀司様に不遜《ふそん》な態度を取ったらただじゃおきません」

柚が誇らしげに返すと、耀司が頭を抱えて黙り込む。何か、まずかっただろうか。耀司は下の者が敬語を使わなくても平気なようだが、柚としては黙っていられない。すべての人間は耀司を崇《あが》め奉《たてまつ》ればいいとさえ思っている。

「お前を本家に迎え入れた時から口を酸っぱくして言っているつもりだが……、もう一度言うよ。余計なことはしなくていいから。俺を尊敬しすぎるのはやめてくれないか。それを俺の周りの人にまで強要するのもやめてくれないか」

淹れたコーヒーを差し出すと、耀司に真剣な口調で言われた。耀司はコーヒーを飲む時はいつもブラックだ。

「耀司様はお優しいです」

柚はしんみりと呟いた。耀司の目が丸くなる。

「だからこそ、周囲にいる俺が、耀司様をお守りしなきゃと思うんです！　お任せ下さい！　耀司様に不遜な態度を取る輩《やから》はすべて消し去ります！」

頬を紅潮させて言い切ると、耀司が無言になってコーヒーを一口飲んだ。耀司はカップをサイドボードに置き、疲れたようにベッドに倒れ込む。

「今日、一番疲れた」

耀司が天井を仰いで呟くので、柚は「マッサージしましょうか」と喜んで駆け寄った。

宿の食事は魚介が新鮮で美味《おい》しかった。不思議なもので昔あれほど好きだった肉が、討魔師になってから食べられなくなった。臭く感じるし、嚙むと気持ち悪い。討魔師になった他の者も同じらしく、こういう場では柚たちはもっぱら魚介類の料理を頼んでいる。

夕食の後、温泉に入りゆっくりすると、浴衣《ゆかた》に着替えて部屋に戻った。浴衣姿の耀司はいつも撫でつけている髪が額に垂れていて色気がある。

「耀司様、写真いいですか？」

風呂上がりの耀司を写真に収めたくて、柚は部屋でスマホを向けた。拒否されなかったので一枚撮ると、湯上がりの耀司がいい感じに撮れている。写真を見ながらうっとりした。

「ちょっと見るよ」

飽きずに眺めていた柚の手からスマホを取り上げて、耀司が眉根を寄せる。

「柚のスマホ……俺ばかりだな」

スマホに入っている画像一覧を見て、耀司が顔を引き攣《つ》らせる。

「だって他に撮りたいものなんてないですから」

耀司の言う通り、柚のスマホには耀司の写真しか入っていない。本人の許可があるのもないのも含め、大量に画像がストックされている。

「ちょっと引いた……」

耀司はスマホを見て顔を曇らせ、そのままスマホを弄っている。不穏な気配を感じ、柚は耀司の手元を覗き込んだ。

「あっ！　何してんですか！　勝手に削除して!!」

青ざめて柚がスマホを取り上げようとすると、耀司が高い場所に手を伸ばし、取られまいとする。

「柚こそ、盗撮だろ、これ。俺の知らないうちに勝手に撮って」

耀司は写真を次々と削除してしまう。焦って奪い返そうとしたが、柚は心を落ち着かせ、不敵に笑った。

「言っておきますけど、全部の画像のバックアップはとってありますから。万が一データが破棄《はき》された時のことまで考えてありますよ」

柚が胸を張って言うと、さすがの耀司も呆れて削除をやめてくれた。写真を削除するなんて、耀司は案外照れ屋なのかもしれない。

「だいぶ引いた……」

耀司はソファに崩れるように座って顔を覆う。柚はスマホを取り戻し、そんな耀司も写真に撮っておいた。

「どうしてお前はそんなふうになってしまったんだろうね？　俺の接し方が悪かったのかな」

耀司は自分の隣をポンポンと叩き、柚に座るよう促す。素直に隣に腰かけると、耀司に真面目な顔で見つめられる。

「もう少し俺以外の人への関心も持ってくれないか。俺にだけ懐いているお前を可愛いと思ってしまう俺も悪かった」

耀司に手を握られ、柚はぽっと頬を赤らめた。耀司の手にもう片方の手も添えて、熱く見つめる。

「他の人なんてどうでもいいです」

「だからそれを直してくれないか」

耀司は焦れたように言うが、柚にとって耀司以外のすべての人はその辺に生えている草と一緒なので、いちいち草に関心を持つなんて無理に決まっている。

「柚が心を開けばたくさんの人がお前を好きになるんだよ」

耀司に優しく囁かれ、柚はふっと無表情になった。

「別にそういうの、いらないんで」

柚が吐露《とろ》すると、耀司がため息をこぼし、するりと手を離す。もっと長く耀司と手を繋いでいたかったのでがっかりした。

「……仕事の話をしようか。柚はあの龍をどう思った？」

耀司は気を取り直すように立ち上がり、冷蔵庫からペットボトルを取り出して蓋を開ける。どうやら自分に対する説教は終わったらしい。

「何か鎖に縛られていたようですね。誰がやったのかまでは分かりませんでしたが、禍々しいものを感じました。あの龍……もしかすると呪詛に使われたのでは？」

廃寺のお堂にいた龍のことを思い返し、柚は率直に考えを述べた。暴れていた龍は人間への不信感や怒りを持っていた気がする。つまり柚たちがお堂に入ったことを、人間が来たと憤《いきどお》ったのだ。

「そうだね。俺も同じ考えだ。昔のものではない、誰かが最近あの龍を縛りつけたようだ。しかも意のままに操《あやつ》るために」

耀司が淡々と述べる。柚には縛りつけたのが最近のものかどうかまでは分からなかった。さすがだなぁと感心した。わずかな時間でも耀司はあらゆる情報を読み取っている。

「明日は龍と話をしてみよう。そのためには龍の気を鎮《しず》めなければならない」

柚はこくりと頷いた。それにしても最近ということはあの廃寺に誰かが足を踏み入れたということだろうか。あんな山奥の荒れた寺に、一体誰が？

「明日は早めに行動しよう。もう寝ようか」

耀司は本家へ連絡を入れた後、ベッドに移動して言った。柚は枕を一つ持って、ソファに移動する。

「何してるんだ？」

ソファで寝ようとする柚に耀司が驚いたように言う。

「一緒に寝るのが嫌なのか？　それなら俺がソファに行くけど」

耀司は探るような目つきで聞いてくる。

「いえ、耀司様が快適に眠れるようにと……」

当然のように柚が言うと、耀司が空いている場所をぽんぽんと叩く。

「こっちで眠りなさい。小さい頃はそうしていただろ」

耀司に言われ、柚はパッと顔を輝かせ、「いいんですか？」と枕を抱えていそいそとベッドに近づいた。本家に引き取られてしばらくは一人でいるのが怖くて母屋で耀司と一緒に寝ていた。あの時のように眠れるのが嬉しくて柚は表情を弛《ゆる》めた。ダブルになってフロントの人に文句を言ってしまったが、こんなラッキーがあるなんて後で礼を言っておかねばならない。

「スマホは持ち込み禁止だからね」

さりげなく枕の下にスマホを隠そうとしたが、ばれてしまった。寝顔を撮れるチャンスだったのに……。泣く泣くスマホをバッグに戻し、柚はベッドに潜り込んだ。


久しぶりに耀司と一緒に寝たせいだろうか。まだ子どもだった頃の耀司と遊んでいる夢を見た。

本家には裏山があって、子どもたちの遊び場となっていた。耀司に食べられる木の実を教えてもらったり、滝がある場所に連れて行ってもらったり、虫や蝶《ちょう》を捕まえて楽しんだりしていた。

柚は物心ついた時には家から出られない生活をしていたので、日が暮れるまで遊び耽るというのが新鮮でならなかった。誰からも監視されない、自由にしていい。食事にも困らないし、自分を傷つける者は誰一人としていない。時々昔のことを思い出してうなされることはあっても、一緒に寝ている耀司が気づいて起こしてくれるから大丈夫だった。

「かっこいいなぁ……」

柚は時々前を行く耀司を見てそう呟いた。

自分より五つ上の少年は、柚の目には力強く映っていた。大人たちとも対等に話し、目に見えない存在を感じることもできる。本家に引き取られ、亡き母の一族が特殊な家系だったことを知ったが、ここでは年齢にかかわらず力のある者が立場が上になると分かった。耀司や有生はまだ少年なのに、力を持っているというだけで大人たちが敬意を持って接する。

(俺も耀司様みたいになりたいなぁ)

柚がそう思うようになるのに時間はかからなかった。耀司の真似をしてみたり、巫女様に討魔師になるにはどうすればいいか聞いたりした。

「柚、俺の後をついてくるだけじゃ駄目だよ」

ある日、山の頂上で耀司にそう言われて柚は戸惑った。耀司のようになりたくて追いかけていたのに、それじゃ駄目だと耀司は言う。未だにその言葉の意味が分からない。柚にとって耀司は永遠の憧れだ。その存在を追い抜くことなど考えたこともない。

「分かんない。僕は耀司様の後をついていきたいだけなんだ」

柚が泣きそうな顔で首を振ると、困ったように耀司が目を伏せた。確かあれは耀司が高校生で、柚がやっと中学生になった時だ。耀司はじっと柚の瞳を見つめ、柚の伸びすぎた前髪を掻き上げた。

「柚は綺麗な目をしてるな。お前の母親はそれに中《あ》てられたんだろう」

耀司がそう言ったのは覚えている。意味はちっとも分からなかったが、何故か腹の辺りがざわりとする感覚になった。幼い頃、母に「お前は瞬きもせずに、じーっと見てくるね」と嫌そうに言われたのを思い出した。

(あれ、どういう意味だったんだろ……)

眠りから覚め、柚は伸びをした。サイドボードにある時計を見ると朝の五時だ。そろそろ起きなければと思いつつ、寝返りを打った。

耀司はまだ寝ている。端整な横顔を見つめ、寝顔の写真が撮りたいなぁとうずうずした。スマホを取りに行ったら、きっと耀司は目覚めてしまうだろう。せめて耀司の寝顔をじっくり見ておこうと、柚はにじり寄った。

(彫刻みたい……)

耀司からほとんど寝息が聞こえてこない。静かすぎて死んでいるのではないかと疑うレベルだ。熟睡しているのだろうか。じりじりと近づいても微動《びどう》だにしないので、少し興奮してきた。大好きな耀司が少し顔を寄せれば触れ合う距離にいる。このチャンスを逃していいのだろうか。

(今ならチューしても気づかれないかも……)

邪《よこしま》な考えが頭を過《よぎ》り、いてもたってもいられなくなってきた。耀司とキスしたいという欲求にどうしても抗《あらが》えず、柚は思い切って唇を重ねてみた。そっとくっつけてみると、意外にも柔らかい感触が返ってくる。

(ふわああ、すごーい)

ほんのわずか触れただけなのに、カーッと頭に血が上った。鼓動が跳ね上がり、叫び出したいような気分に襲われる。もう一度、と柚は身を伸ばした。

唇が触れ合った瞬間、薄く耀司の唇が開いた。

「あ……っ」

慌てて後ろに身を引こうとしたが、それよりも早く耀司の腕が首に回り、強引に抱き寄せられた。耀司はまだはっきり覚醒していないのかもしれない。その証拠に、柚のうなじを引き寄せ、唇に唇を重ねてきた。

「……っ」

耀司の熱い唇が重なり、柚は心臓が口から飛び出しそうになって震えた。耀司の唇は柚の唇を食《は》むような形で深くかぶりついてくる。柚がしたような子どものキスではなく、強引に舌を潜らせ、貪るようなキスだ。柚は何が起きているのか分からなくて、耀司の身体の上に重なり、ただ恍惚《こうこつ》とした感覚に酔っていた。

「……えっ!?」

ふいに首を押さえつける力が弛むと、耀司がぱちりと目を開けた。同時に勢いよく身体を引き離されて、柚はシーツに尻もちをついた。

「なんだ、今の……。柚」

覚醒した耀司が髪をぐしゃぐしゃと掻きむしり、柚を見据えた。先ほどまでの甘い空気は瞬時に消え、柚は首をすくめて上目遣いになった。耀司はかなり怒っている。

「お前、俺の寝込みを襲ったな」

耀司は上半身を起こし、頭を抱え込む。

「す、すみません、出来心で……」

ここは正直に謝ったほうがいいと柚はベッドの上で土下座した。内心では耀司の唇の感触を反《はん》芻《すう》し、天にも昇る心地だった。

いつものように赦《ゆる》してくれるだろうと思ったのだが、耀司は無言だ。柚はおそるおそる顔を上げ、耀司の表情を窺《うかが》った。耀司はやけに怖い顔で柚を見下ろしている。

「柚、はっきり言っておくけど」

耀司が静かに切り出す。

「は、はい」

キスくらいと思っていた自分は浅はかだったかもしれない。耀司の真面目な声音に背筋を震わせた。初めてでもあるまいし、そんなに怒るとは思っていなかった。

「俺は今のお前は愛せない」

耀司にきっぱりと言われ、柚は驚いて目を見開いた。最初、何を言われているか分からなかった。それでも『愛せない』という単語の強さは柚の心臓に杭《くい》を打った。

「お前が変わってくれないと、愛することはできない。だから、俺の意思を無視してこういうことをするのはやめてくれ」

苛立ったように耀司に言われ、柚は混乱して硬直した。

やっぱり耀司が何を言っているか分からない。勝手にキスしたことを怒っているのは間違いないが、その後言われた言葉の意味が理解できない。愛せない、愛することはできない、それから……変わってくれ？

(え、え、ど、どうすれば……)

予想外の言葉を突きつけられ、柚は頭が真っ白になって固まった。耀司は自分をじっと見ている。ともかく寝込みを襲って怒っているのは確かなので、謝っておこうと柚はうなだれた。

「……ごめんなさい」

思考が完全に停止してしまって、それ以外何も言えなかった。耀司は別の言葉を待っていたようで、しばらく柚のつむじを眺めているようだった。けれど柚が小さく震え出すと諦めたようにため息をこぼし、ベッドから出て行った。

（耀司様、何が言いたかったの？）

耀司は洗面所に行って身支度をしている。柚は呆然《ぼうぜん》としたまま、膝を抱えて震えていた。キスくらいと思ってしてしまった自分が馬鹿だった。時間を巻き戻せるなら巻き戻したい。耀司は柚を嫌いになっただろうか。

（変わってくれって、どういう意味？　今の俺じゃ駄目ってこと？）

勇気があればさっきの言葉はどういう意味だと耀司に尋ねることもできたが、今はいろんなことがぐちゃぐちゃになって考えがまとまらなかった。耀司の熱いキスの後にあんなセリフが待っているなんて、訳が分からない。

目覚ましのアラームが鳴り出すまで、柚の思考は完全に停止したままだった。


朝食をとった後、柚と耀司は再び廃寺に向かった。

今日は晴れていて山の空気も澄み、低級霊を一掃したせいか荒れ果てた廃寺からおどろおどろしさが消えていた。柚は内心仕事どころではなく、耀司に言われた言葉が延々と脳内を駆け巡っていたが、仕事をおろそかにすることは耀司がもっとも嫌うことであるのも分かっていたので、表向きは何事もなかったような顔でいた。

堂内に入ると、柚たちは慎重に様子を窺った。左側の柱に彫られた龍には、やはり鎖が巻きついている。白鹿の力を借りて鎖の形態を確かめようとすると、ふいにぎょろりと龍の目が開いた。

「あなたは龍神ではないのですか？」

耀司が静かに問いかけた。昨日と違い、龍は暴れる様子を見せなかった。こちらの出方を窺っているようだった。

『お前らは……あ奴らとは違うのか』

龍のどす黒いエネルギーが滲《にじ》み出てきて、柚は眉を顰めた。あらゆる負の感情があふれ出てくる。龍の長い身体には黒い染みが点々とあって、それが瘴《しょう》気《き》となってお堂の空気を穢《けが》していく。

「あ奴らとは誰ですか？　我々はこの廃寺に集まった悪霊を一掃するよう頼まれた者です。住職は亡くなったようですね。ちらちら姿が見える」

耀司は龍に近づき自分たちの名前や仕事を告げた。龍の爆発しそうだった憤りは徐々に治まり、代わりに深い悲しみが漏れ出てきた。

「……なるほど。前の住職があなたを呪詛に使ったのですね」

耀司にはすでに状況が視えているらしく、同情的な眼差しに変わっていた。柚の脳内にも、住職が龍を使って誰かに呪いをかけている姿が浮かんだ。金欲しさにやったようだ。脳内には走馬《そうま》灯《とう》のように住職の堕落《だらく》していく姿が映し出された。最終的には住職は龍に返り討ちに遭《あ》って息絶えたらしい。

『坊主が死に、ようやく解放されるかと思ったら、奴らがやってきた』

龍が苦しげに語る。長い髭は力なく垂れ下がり、時折鎖を引きちぎろうと身体を左右に振った。頑丈な想念でできた鎖だ。龍を縛りつけた者はかなりの術者だろう。

『井伊《いい》家と言っておった……わしを使い魔にすると』

龍は当時の憤りを思い出したかのように暴れ始めた。耀司はわずかに下がり、注意深く龍を観察している。井伊家——聞いたことがある名前だ。確か弐式家と対立する一族で、妖魔や悪霊を僕《しもべ》として活動しているとか。名前を頭に浮かべたとたん、脳裏に映像が浮かんだ。銀縁《ぎんぶち》眼鏡の酷《こく》薄《はく》そうな唇に鋭い目つきをしたスーツ姿の男が、龍神の前に立っている姿だ。

「その鎖、解いて差し上げたい。かなりの念がこもっていますので時間がかかりますが、それでもよければ、お任せしてもらえませんか」

耀司は龍が鎮まった頃、さらりと切り出した。

『何が望みか』

最初龍は、耀司に疑念を抱いているようだった。井伊家とやらに縛り上げられ、人間に対する不信感が根づいたのだろう。見返りもなくそんなことをするはずがないと疑っている。

「井伊家の使い魔になってほしくないだけです」

耀司はそう言って柚を振り返った。

「寺の周囲に結界を張ってくれ。俺は龍を縛っている鎖の術式を読み解いてみる」

耀司に頼まれ、柚は頷いてお堂を出た。荷物から持ってきた水晶をいくつか取り出す。方位磁針を取り出し、寺の東西南北の地面にそれらを埋め込んでいった。白鹿に力を借りて場を清め、結界を張った。これで悪いものは中に入れないはずだ。

再びお堂に入ると、耀司が人形みたいにピクリとも動かず龍と対峙していた。耀司は肉体を抜け出し、意識を龍の内部に入れることで情報を読み取っている。柚には他人の術を解く力はないが、力の強い討魔師にはできる技だ。

ただしこれには時間がかかる。その間、耀司の集中が切れないよう、柚はお堂から出て車で待機した。

一人になると、はぁとため息がこぼれた。

(耀司さん、何が言いたかったんだろう)

他にすることがなかったのもあって、結局また今朝の問題に戻ってしまった。柚はごそごそとバッグからノートと鉛筆を取り出し、今朝起きた出来事を羅列《られつ》してみた。耀司に言われた言葉を書き込み、改めて見直してみる。頭が混乱した時、よくこうやって整理するのだ。

(愛せないって言われてすごい落ち込んだけど、待てよ。これって、違うんじゃないか!)

耀司に言われた言葉を客観的に見て、気づいたことがあった。

まずキスしたら、怒られた。

今の自分は愛せないと言われた。

変わってくれない限り、愛せないと言われた——。

(変わったら、愛せるってこと!?　俺が変わったら、耀司さん、俺のこと好きになってくれんのか!?)

遅まきながらそこに気づき、打って変わって柚の気分は浮上した。寝込みを襲ったことを拒否されたのですっかり嫌われた気になっていたが、そうではなかった。問題は——。

「変わるって……何を？」

柚はノートを凝視し、鉛筆の尻を齧《かじ》った。

(髪型……とかじゃないよね。顔はもう変えようがないし……。いや、整形するくらいで愛してもらえるならいくらでもするけど)

耀司が言っていた変わってくれという意味がどうしても分からない。今の自分じゃ駄目で、何かをチェンジしたら大丈夫って、どういうことなんだ？

「まさか……性転換か!!」

驚愕に震えて柚は助手席のシートに仰《の》け反《ぞ》った。女性になれたら好きになってくれるのだろうか？　いや、ちょっと待て。結婚する気はないと言っていたっけ。

(ううう、分からない。俺にどうなってほしいんだ)

もっと優しい子になってほしいとか、頭がよくなってほしいとか、色気を出せとか——あらゆることを考えてみたが、どれもピンとこない。長い間考えてみたが、答えが出なかった。

ぼんやりと崩れかけた寺を眺め、柚はあることを思いついた。耀司のことではなく、あの龍のことだ。思いついたアイディアを耀司に伝えたくて、柚は持ってきていたペットボトルのスポーツドリンクをひっ摑み、車を飛び出してお堂に戻った。

「耀司さん」

堂内では耀司が疲れたようにあぐらを掻いていた。タイミングがよかった。第一段階をクリアしたところらしい。集中していたので咽《のど》が渇いただろうとスポーツドリンクを差し出すと、耀司が「助かる」と笑みをこぼした。

「お前は俺のことだけは誰よりも気遣えるんだよな……」

耀司がペットボトルを傾けながら呟く。それは耀司のことばかり考えているからだと思う。

「耀司様。すぐにはこの仕事、終わりませんよね」

柚は龍を振り返って尋ねた。龍は食い込んでくる鎖に苦しそうにのたうち回っている。

「そうだな、護摩壇《ごまだん》を作って祈禱《きとう》しなければならない。一週間か十日、寝ずにやるしかない。それだけ深く穢されている」

耀司は渋い表情で答えた。そんなにかかるということは、龍を縛り上げた人物はかなり長い時間をかけて術を施《ほどこ》したことになる。

「俺、思いついたんですけど、この龍、柱ごと切り取って本家に持っていきませんか？」

柚が切り出すと、耀司がぽかんとした顔でペットボトルを口から離した。

「どうせ廃寺なんだし、壊したって構わないかなって。……あ、馬鹿な意見でしたね、すみません」

珍しく耀司が目を丸くしているので、柚は失敗だったかと慌てて手を振った。ふっと耀司が笑い出す。

「柚。お前天才だな」

耀司が立ち上がって空のペットボトルを柚に手渡す。

「いい考えだ。新しい住職に許可をとろう。ここで祈禱していたら、井伊家の妨害があるかもしれないしな。さっそく手配しよう」

耀司がよくやったと言わんばかりに柚の頭を撫でる。耀司に褒められたことが嬉しくて、柚は頰を赤くした。

柚たちは行動を開始した。新しい住職の許可をとり、廃寺に業者を呼び、柱を切り取ってもらい、弐式家に運ぶ作業の段取りをつけた。運よくすぐに廃寺まで来られる業者が見つかり、話はとんとん拍子に進んだ。本家とも連絡を取り、呪詛に使われた龍を向こうで浄化すると決めた。問題は呪詛に使われた柱なので、道中、魔を引き寄せやすいということだ。

「柱ごと封印しよう。龍神には悪いが、本家に着くまで静かにしてもらわねば」

耀司は龍神から妖気がこぼれないよう、柱を封印する術をかけた。術をかけ終えた段階で業者の大型トラックが廃寺にやってきて、柱を切り落とす作業に取りかかった。

すべてのことが終わり、その夜の七時頃には龍は寺から運び出された。

「巫女様が柚にこの仕事を任せようとしたのは、こういうことだったのかな」

トラックを見送り、自分たちの車に乗り込むと、耀司が微笑んで言った。

「え?」

「白鹿は道案内が得意だからね。柚のおかげで、仕事がスムーズにいったよ」

耀司に言われ、柚は照れて白鹿に礼を言った。あの時ひらめいたのは白鹿のおかげかもしれない。

「着くのはだいぶ遅くなるな」

耀司はナビをセットして車をゆっくりと出した。もう一泊できないのは残念だったが、柚はひそかに手ごたえを感じていた。耀司が褒めてくれたし、きっとこういう方向で間違いない。変わってくれと言われたのは、柚にもっと強い討魔師になれということなのだ。

(そのために何をすればいいか……帰ったら脳内会議だ!)

柚は暗い山道を下りながら、闘志を燃やしていた。

■4　井伊家

翌日の昼過ぎ、龍は本家に辿り着いた。トラックの道案内をするために、柚たちは一番近いインターチェンジで業者と合流した。業者たちは高知の山奥に連れて行かれ、不安そうだったと耀司は笑っている。業者と一緒に行動したのには理由がある。呪詛に使われた龍は耀司が一緒でないと絶対に敷地に入れてもらえなかったからだ。

弐式家には天狗《てんぐ》の守りがある。彼らは許可した人と物しか敷地に入れない。危険な念のこもった物体は、天狗によって追い返されるのだ。

本家に着くなり、トラックの荷台に積まれた柱を下ろし、龍は数人がかりで母屋の隣にあるお堂に運び込まれた。集まった巫女様や耀司の父親である丞一が柱を眺め、痛ましそうに顔を歪《ゆが》める。

「井伊家の者どもは何を考えておるのか……。龍を隷属にしようなど、言語道断《ごんごどうだん》。災害でも起こす気なのか」

巫女様は柱に彫られた龍にかけられた術を解くために、内陣に場を設《もう》けた。龍には強大な力があるから、井伊家の手下にでもなってしまったら、どんなことが起こるか分からない。とはいえ、龍を意のままに操るというのはかなりの力がいる。だからこそ、井伊家もあの状態で放置していたのだろう。

「柚、ご苦労じゃった。疲れたであろう、休むといい」

巫女様に声をかけられ、柚は素直に自室に戻った。仮眠しただけで夜通し車を運転していたからさすがに少し眠い。

六時間ほど睡眠をとると、柚は母屋に行って食事をもらった。例の龍神は巫女様や耀司が交代で祈禱を行い、術を解き、ついた穢れを祓っているようだ。夜更けにお堂を覗くと護摩壇の火が赤々と燃え、経を唱える声が聞こえてきた。耀司は一心不乱に経を唱えている。お堂の壁際に中川がいたので話しかけると、一週間火を絶やさずに祈禱を行うということだった。

「あの、中川さん。井伊家について教えてほしいんですけど」

柚は内陣にいる耀司に聞こえないよう、声を潜めて尋ねた。中川の顔が曇り、困ったように見つめられる。

「耀司様の許可がないと」

予想していたが、やはり教えてもらえなかった。井伊家については上層部の人間しかくわしいことは知らされていない。柚が知っていることは、おおまかなことだけだ。食い下がるのはやめて、柚は分かりましたと引き下がって扉に向かった。

「柚にぃ」

お堂の扉をそっと閉めた時、柚を呼ぶ声がした。振り返ると、耀司の弟の瑞人が立っていた。瑞人はまだ十四歳の少年で、見た目は白い肌に赤い唇、大きな眼と美少年そのものだ。瑞人がまだ小さな頃から柚はここで育ったので、いつの間にか柚のことを柚にぃと呼ぶようになった。

「ねぇねぇ、龍神なんでしょ、あれ」

瑞人はお堂から追い出されたと話し、興味津々といった様子で柚に尋ねてきた。

「ああ、井伊家とやらに使い魔にされそうだったらしい」

柚はさりげなくお堂から離れながら呟いた。瑞人は柚のことを慕ってくれるのだが、この本家の末っ子は頭にお花畑が広がっているというか、アホっぽいしゃべりかたをするので柚は苦手なのだ。

「やーん、気になるぅ。いいなー龍神、欲しいなー。どうにかして真名を読み取れないかなぁ。弱っている今ならチャンスなのにぃ」

瑞人は身をくねらせてとんでもないことを言っている。

「馬鹿、さすがに駄目だろ！」

瑞人から離れるつもりが、聞き捨てならない言葉を発するので戻って声を荒らげてしまった。

瑞人は本家の血筋を受け継いだ者の中でも特に霊力が強く、眷属の真名を読み取るという希有な能力を持っている。本来なら契約を交わして真名を教えてもらうところを、横からかすめ取って意のままにするというものだ。昔、そのせいで眷属から手痛いしっぺ返しを受けたことを、もう忘れてしまったらしい。

真名というのは眷属にとって重要なものだ。真名を唱えられるとどんな命令でも眷属は従わねばならないからだ。討魔師と眷属には契約ができていて、唱えた真名は他の人には言語として伝わらないようになっている。

空気の読めない末っ子——それが瑞人なのだ。

「冗談、冗談。てへペロ」

頭に拳をぶつける振りをして、瑞人が舌を出す。どこまで冗談か分かったもんじゃない。

「本当にやめなきゃ駄目だからな。井伊家と同じことしようなんて、あの龍神、さすがにブチ切れると思う。本当に本当に、駄目だからな。もしやったら、お前、半殺しにするから」

もし瑞人が馬鹿なことをしたら、止めなかった柚にまで害が及びそうで、念には念を入れて言った。耀司に害が及ぶことだけは阻止しなければならない。

「分かってるぅ、もー、しつこいゾ」

瑞人は手でピストルの形を作り、柚に向かって撃つ振りをしながら去っていった。耀司はあんなに素晴らしいのに、弟二人はどうして劣悪なのだろう。有生もひどいが、瑞人は救いようのないほど馬鹿っぽい。

柚は気を取り直し、庭を迂回《うかい》して、有生の住む離れに向かった。瑞人としゃべって疲れたところに、有生と会って気を張り詰めなければならないのがつらい。

有生は離れに一軒家を与えられている。曲がりくねった道が続き、人を惑わすような仕掛けがいくつもある。暗くなって足元がおぼつかなくなると、突然足元に点々と火の玉が浮かんだ。青白く揺れる火の玉は、おそらく狐《きつね》の計らいだろう。おかげでサクサク歩けた。

しばらく歩くと竹垣に囲まれた木造の平屋が姿を現した。ゆるやかな傾斜の屋根に広々としたテラス、美しい引き戸の玄関扉が見える。玄関扉の前には細面の緋袴《ひばかま》の女性が立っていた。

「どうぞ」

女性が引き戸を開けて中に招いてくれる。後ろに狐の尻尾がついていたので、人間ではないらしい。有生は多くの狐に身の回りの世話をさせている。

「あー。何？　誰かと思ったらタスマニアデビルじゃない」

家の中に入ると、奥の和室で有生が酒を飲んでいた。一枚板のテーブルには酒の肴《さかな》が並んでいる。有生一人かと思ったが、慶次も一緒だった。慶次は酒を飲んでいる有生の横で、古びた経文を写していた。

「お、柚。どうしたんだ、ここまで来るなんて珍しいな」

筆を止めて慶次が顔を上げる。気のせいか、その顔はやつれている。

「慶次こそ、まだ本家にいたのか」

慶次は有生と組んで仕事をしているが、ふだんは実家のある和歌山にいるはずだが。

「次の仕事が二日後に始まるんで、交通費を浮かせるために有生の世話になってるんだ。っていうか、もっと強くなるために修行しているというか……」

慶次は力なく笑って筆を動かした。どうやら経文を写すことで、神仏の力を借りるための土台を作っているらしい。柚も昔やったことがあるが、一冊の経文を写し終えるまで何日もかかるので結構大変だ。慶次は一人前の討魔師になるために、日々修行に励んでいる。

「有生、ちょっと聞きたいことがあるんだが」

柚は有生の向かいに正座して切り出した。有生はだらけた姿でお猪口《ちょこ》を傾ける。

「手土産もなしで来る人と話はしませーん」

ニヤニヤしながら有生に手を振られ、柚はいらっとしてこめかみを引き攣らせた。

「クソ狐、そもそもお前この前、嘘ついたろ。耀司様は見合いなんかしないじゃないか！　大体お前はいつも嘘ばっかりだ、三年前の八月十日にも耀司様が溺《おぼ》れたと嘘をついたし、五年前の十二月二十日には耀司様が仕事で怪我をしたと言った！」

今日は低姿勢で話をしようと思ったのに、人を馬鹿にした顔で笑う有生を見ていたらついつい喧嘩モードになってしまった。

「日付けまで覚えてるなんて、どんだけ執念深いの？　あーホント、あんたの眷属が鹿ってのが不思議でなんないんだけど。どー考えても蛇でしょ、蛇」

有生にうんざりした顔で言われ、柚はうっと呻いた。蛇と言われて、討魔師になった日のことを思い出したのだ。試験をパスして巫女様にどの眷属を憑けるかと聞かれた時――柚には鹿の眷属と蛇の眷属の申し出があった。耀司の眷属である狼と仲良くなるには、同じ四本脚の鹿がいい。そんな理由で鹿の眷属と契約したことを思い出した。

「大体見合い話が来てるのはホントじゃん。血筋を絶やさないように嫁を娶《めと》らなきゃいけないのもホントだし。あー俺、長男じゃなくてよかった。ねー、慶ちゃん」

「なんで俺に話を振るんだ。っつかやめろって」

有生はさきイカで慶次の頬をつんつん突き、楽しそうにしゃべっている。慶次は嫌そうに有生のちょっかいをかわしているが、二人の間に流れる空気は温かい。

「井伊家について、聞きたいんだ。知ってること、教えろ」

黙っていると二人でじゃれ合いを始めそうで、柚は硬い声で切り出した。有生の動きがぴたりと止まる。

「何それ。お堂にいる龍と関係してんの？」

有生がやっと柚のほうを向いてくれる。

「あの龍神を縛りつけていたのは井伊家らしい。井伊家について知りたいんだけど、俺程度じゃ教えてもらえないんだ」

柚は悔しそうに眉を顰め、有生を見た。すると隣で筆を走らせていた慶次が、身震いして筆を落とす。

「井伊家！　またあいつらかよ、マジ勘弁してほしいんだけど」

慶次は井伊家について知っているらしい。驚いて柚は身を乗り出した。

「慶次、知ってるのか？　教えてくれ」

井伊家について知っているであろう有生から情報を得るしかないと思っていたが、慶次が知っているなら慶次からのほうが聞きやすい。柚が目を輝かせると、慶次が何かを思い出したのか、陰鬱《いんうつ》な表情になる。

「知ってるも何も、この前の仕事でえらい目に遭ったんだから。こいつなんか、あやうく井伊家の望むような闇の手先になりかけ……」

「慶ちゃん」

有生の鋭い声がして、慶次の首に長い腕が巻きついた。

「へぇー、あの時のこと思い出してんだ？　その夜、何が起きたかも思い出してるよね？　君の兄貴に声が聞こえないようにしながらイケナイことしたよねぇ？」

「ば、ばっか！　なんで今それを言うんだよ!!」

突然慶次と有生が取っ組み合いの喧嘩を始め、柚はぽかんとしてそれを見守った。喧嘩というより上になったり下になったりして言い合いをしているようだ。よく分からないが、有生に馬乗りになった慶次が赤面して有生の口を手でふさいでいる。

「い、いやぁ、悪い。ところでなんで急に井伊家について？」

一通り暴れると、紅潮した頬で慶次が正座になり、何事もなかったように話し始めた。

「もちろん耀司様の役に立つためだ」

柚は堂々と言った。

「井伊家について情報を得られれば、きっと耀司様も喜んでくれると思う」

耀司の愛を勝ち取るために、柚が考えたことは、井伊家について耀司が喜ぶような情報を得るということだ。耀司は自分が優れた人間になることを望んでいる。そのために、井伊家について調べたい。

「それ、マジで耀司兄さんが言ったの？」

有生は疑わしそうな眼差しで柚を見やった。何か文句でもあるのか。

「いや、でも有生がかなりくわしく調べたから、これ以上は無理じゃないか？」

申し訳なさそうに慶次に言われ、柚は「えっ」と激しく動揺して固まった。すでに有生が井伊家について調べ上げたというのか。先を越されたショックで柚はうなだれた。

「ごめん。そんな落ち込むなんて……。俺も見せてもらえてないから何をどこまで調べたか分からないんだけどさ」

慶次に慰められ、柚は顔を上げた。

「有生、奴らの住所以外、何を調べたんだよ？」

柚に同情したのか、慶次が有生の肩を揺さぶり、問い質《ただ》す。

「そうだなー。僕《しもべ》にしている妖魔のレベルとか種類とか」

有生は天井を見上げながら呟く。そんなところまで調べられたら、打つ手がない。

「……帰る」

柚は暗い表情のまま立ち上がり、すごすごと玄関に向かった。せっかく井伊家について調べて耀司から褒めてもらおうと思ったのに、計画は丸つぶれだ。

がっかりして立ち去ろうとすると、玄関を出たところで慶次が追いかけてきた。

「柚、大丈夫か？　あんま落ち込むなよ」

慶次は柚を心配して追いかけてきてくれたらしい。柚がどんよりして歩き出すと、歩調をそろえて話しかけてきた。

「井伊家の奴らってイカれてるから、あんま関わらないほうがいいぞ。まぁイカれ具合なら有生のほうが上だけど。ここだけの話、有生の奴、井伊家の一人を病院送りにしちゃってさ」

慶次は声を潜めて言う。

「病院送り……？」

「沼に沈めて殺しかけたんだぜ。俺がいなかったらどうなっていたか」

慶次は当時のことを思い出したのか、ぶるぶると首を振った。

「どこの病院に……？」

立ち止まって柚が聞くと、慶次が不思議そうな顔をしながらも病院名を教えてくれる。慶次の地元にある病院らしい。

「ありがとう、俺は大丈夫だから」

見送ろうとする慶次に手を振り、柚は曲がりくねった道を一人で進んだ。しばらくして振り返ると、慶次はまだ立って手を振っている。

無駄かもしれないが、慶次の教えてくれた病院に行ってみよう。井伊家について何か新しい情報が得られるかもしれない。柚は気分を奮《ふる》い立たせ、夜道を進んだ。


祈禱が始まって三日も経《た》つと、龍の姿に変化が表れ始めた。険しかった表情はいくぶん和《やわ》らぎ、巻きついている鎖の形も変容してきた。常に護摩を焚《た》いているのでお堂には熱がこもっている。祈禱を行う討魔師たちも全身全霊を傾けて龍の穢れを祓っている。龍には何年にも亘《わた》って呪詛に使われていた痕があり、龍自体を浄化するのはもちろんだが、それに付随した呪詛の相手への浄化も兼ねているので時間がかかっているようだった。

耀司は初日からわずかな休憩を取るのみで、ずっと経を唱えているという。倒れないか心配だが、祈禱に入った耀司は不動明王《ふどうみょうおう》の力を下ろしているので、最後までやり遂《と》げるだろう。

「中川さん」

堂内で祈禱の手伝いをしていた中川を見つけ、柚はそっと近寄った。

「柚君。どうしたの」

中川は汗ばんだ額を拭って振り返る。

「ちょっと出かけるので……。耀司様をよろしくお願いします。多分、二、三日で帰ってこれると思いますけど」

柚は頭を下げて言った。スーツ姿ではなく、シャツにカーディガン、ジーンズといったラフな服装だったので、中川は目を丸くした。

「珍しいね、私用で出るの。どこへ行くの？」

柚は今までプライベートで泊まりがけの旅行はしたことがない。買い物くらいは出かけるが、友達もいないし、身寄りもないからここにいるほうが気楽なのだ。その柚が私服で出かけるので中川も驚いたようだ。

「ちょっと和歌山のほうへ。耀司様に挨拶《あいさつ》してから行きたかったんですけど、無理そうなので」

柚はちらりと内陣を見て言った。耀司は祈禱に集中していて、柚がいることにも気づいていないようだった。

「和歌山か、いいね。高野山《こうやさん》もあるしね。いってらっしゃい。耀司様には言っておくよ」

中川は柚が観光にでも行くと思ったらしく、笑顔で見送ってくれた。柚はぺこりと頭を下げ、お堂を出た。

一人で出かけるのは本当に久しぶりだ。バッグに数日分の下着や靴下、替えのシャツを入れて本家を出た。バス停まで行くと、バスに乗って最寄りの駅へ向かった。最寄りの駅と言っても、本家はかなり山奥にあるので、駅まで二時間くらいかかる。

慶次から聞いた話によると、井伊家の涼真《りょうま》という男が救急車で病院に搬送されたそうだ。有生が沼に沈めて殺しかけたというが、本当だろうか？　そんな真似をしたら眷属が離れていきそうだが。慶次に教えてもらった病院に電話し、涼真という男が入院していたか聞いてみたが、個人情報は教えられないと突っぱねられてしまった。

（実際、行ってみるしかない）

決意して、今日出かけることにした。幸い仕事も入っていないし、時間はたっぷりある。おまけに討魔師として給料をもらっているが、ほとんど使わずに残っているのでお金もある。

涼真という男を足掛かりにして、なんとか井伊家の尻尾を掴みたいと目論《もくろ》んでいた。

「藤風。上手《うま》くいくかな」

バスの中で、なんとはなしに白鹿に聞いてみた。和歌山に行くと決めた時、白鹿は何も言わなかった。涼真という名前しか分からないし、手がかりも少ないのに。

『好きにするといい。本家を離れることには賛成だ』

白鹿は淡々と答える。困った時には手を貸してくれるが、それ以外はノータッチというのが柚の眷属である白鹿のスタンスだ。けれどそんな白鹿も、柚が本家に長く居座ることには反対している。本家は聖域だし、眷属の身からすれば居心地のいい場所であるはずなのだが、白鹿は折にふれ、柚に独立するよう促してくる。

「耀司様に依存してるって言いたいんだろ……」

柚は窓の外に目をやり、唇を尖らせた。白鹿は柚の精神が成長するためには、本家を離れることが一番だと言うが、耀司のいない生活など考えられない。耀司が仕事で本家を出ている時間はどうしようもなく寂しく、一緒にいると満たされてなんでもできる気分になれる。精神の成長などどうでもいい。柚にとって一番大切なのは、今なのだ。

その柚がこうして外出する気になったのは、ひとえに耀司のあの言葉があったからだ。変わってくれと耀司は言っていた。変われば愛してもらえるのか。今の弟みたいなポジションではなく、もっと深い関係になれるのか。

今は何も分からないが、行動することで何かが変わる気がしていた。


電車とバスを利用して夕方六時過ぎに和歌山駅に着いた。慶次から聞いていた中央病院は駅から遠かったので、タクシーを利用した。着いてみると大きな病院で、広大な敷地にはヘリポートもある。時間が遅かったせいで外来患者もまばらで、面会時間の終了まであとわずかだった。

「さて……やるか」

柚は人けのない中庭の端っこにあるベンチに腰を落ち着けると、軽く目を閉じた。

「藤風。職員がいる部屋に行ってみてくれ」

柚は深呼吸を繰り返し、静かに命じた。柚の身体から白い鹿がぴょんと飛び出し、軽やかな足取りで建物の中に入っていく。柚が瞑想《めいそう》状態に入ると、自然と白鹿と一体化していく。とても不思議な感覚だ。眷属を身に憑けると、白鹿の視ているものを自分も感じることができる。もちろんかなりの集中力を要するし、アルファ波と呼ばれるリラックス状態にいることが条件だ。

白鹿は柚の命じた通り、病院の廊下を軽やかに駆けてスタッフが集まる部屋に入っていく。眷属である白鹿の姿は誰にも見られることなく、机の隙間を抜けていく。白鹿はつんと鼻先を上げると、一人の看護師を見つけて近づいた。白鹿が看護師の女性の背中をつんつんと鼻で突く。

「あ、そうだ。チェックしなきゃ」

年配の看護師がふいに立ち上がり、パソコンを操作し始める。看護師はぼうっとした様子で入退院のデータが載った画面を開き、目で追う。

(涼真、涼真……もっと前だ)

白鹿の目を通してパソコンの画面を視ていた柚はひそかに呟いた。慶次から聞いた日付けのページを呼び出すよう、内心強く願ってしまう。とたんにリラックス状態を維持できなくなって、意識が少しブレてしまった。いけない、いけない。興奮は禁物だ。柚は深く息を吸い、もう一度白鹿と意識をリンクさせる。

看護師が開いたデータに、井伊涼真という名が載っていた。住所と電話番号、三日ほど入院していたという記録を読み取る。柚は一瞬でそれらを暗記した。

「ふうーっ」

集中力が続かず、柚はぐったりとベンチにもたれかかった。わずか五分ほど白鹿と意識をリンクさせただけで、どっと疲れた。この技はあまり使いたくない。のろのろと腕を伸ばし、暗記した住所と電話番号をメモする。住所を見ただけで、その場が喧騒《けんそう》を帯びているのが伝わってきた。

有生が病院送りにした男は、無事退院したようだ。

疲れて動けずにいると、白鹿が芝生を飛び跳ねながら戻ってきた。

「ありがとう」

柚が礼を言うと、白鹿は大きな真っ黒い瞳で柚を見つめる。

『行くつもりか』

白鹿は後ろ脚で芝生を蹴り上げ、問うた。

涼真という男は新宿《しんじゅく》に住んでいるらしい。ここまできたら、行くしかない。東京なんて行ったこともないが、行けば何か分かるかもしれない。

「ああ、行くよ」

柚は重い腰を持ち上げて、だるそうに呟いた。

■5　トラウマ

和歌山駅に戻った時にはすでに遅い時間だったので、柚《ゆず》はその日、駅近くのホテルに泊まり、翌朝東京に向かった。在来線と新幹線を使ったが、五時間近くかかった。新宿《しんじゅく》駅に着いた頃には昼時になっていて、日曜ということもあり駅は人であふれ返っていた。

「すごいな……こんなに人がいるんだ」

いつも山奥で暮らしている柚からすれば、驚くべき人の多さだった。子どもから大人まで、たくさんの人が行き交っている。人の数が多いということは、邪気も当然多く、柚の中の白鹿が『空気が悪い』と不満そうだった。

駅構内は広すぎて迷子になりそうだったので、駅員に聞きながら外へ出た。昨日調べた涼真《りょうま》という男の住所までは駅から少し歩かなければならないらしい。スマホで地図を呼び出し、右も左も分からない新宿という街に足を踏み出した。

三十分くらいうろうろしただろうか。ようやく目当ての住所と一致する場所に着いた。

「スマホがなかったら、辿《たど》り着けなかったな」

柚はスマホをポケットにしまい、胸を撫で下ろした。今までカメラ機能しか使っていなかったが、見知らぬ土地では便利なものだと分かった。

柚は改めてビルを見上げた。涼真という男が入院時に書いた住所には九階建てのビルが建っていたのだ。ガラス張りのエントランスを覗《のぞ》くと、横長のプレートがいくつか並んでいる。五階まではエンタープリントという会社が利用しているようだ。六階から上に関しては何も記載がない。柚はビルから少し距離を置き、じっと見つめた。もしここに井伊《いい》家に関係する者が住んでいるとしたら、妖魔も傍《そば》にいるはずだ。その妖気を感じ取れないかと思ったのだ。

（駄目だ、分からない……）

集中して探ってみたが、まったくでたらめの住所だったのか、あるいはよほど念入りに隠されているのか、妖魔の気配を感じ取れなかった。

「藤風《ふじかぜ》、分かるか？」

困り果てて白鹿に聞くと、しばらくしてすーっと白鹿が目の前に姿を現した。

『中に入れというなら断る』

白鹿は不快そうに前脚をカッカと地面に叩きつけて言った。

「入りたくないってことは、やはりここは井伊家の根城《ねじろ》なのか？」

白鹿が拒否するなんて、珍しい。それだけこのビルの内部は危険ということなのか。

『ビル全体に術がかけられている』

白鹿が上階を仰ぎ、言う。ビル全体に何かしらの術が施されているというのか。柚にはまったく感じられなかったので、びっくりした。九階建てのビル丸ごとというなら、一人や二人の住居ではなく、井伊家に関係する者が集団で使っているということだ。有生《ゆうせい》はこの場所のことを知っているのだろうか？　情報として本家に伝わっている？

（もしまだ知られていない情報なら、もう少しくわしく調べて持ち帰りたい）

柚はがぜん張り切って、辺りを見渡した。どこか、このビルの中が見えるような場所がないか、探し回る。辺りを歩き回っていると、カラオケ店が入っているビルがあって、ためしに聞いてみると、窓のある部屋が空いているという。カラオケ店に入るのも初めてだし、一人でこういう場所に来るのも初めてだったが、目的があると人は大胆になれるものだ。柚は窓のある部屋に入り、飲み物だけ頼んでビルを眺めた。

柚が入った部屋は六階で、目当てのビルの内部はあまりよく見渡せなかった。会社が入っている部屋はカーテンで閉ざされていて、上階はブラインドが下がっている。かろうじて開いている部屋には人影はない。

（オペラグラスでも買ってこようかな）

目を凝《こ》らしながらそう思った時、カーテンの隙間から黒い影が動くのが見えた。その動きが人間のものではないのはすぐ分かった。ゆらゆらと不規則な動きで室内を移動している。

（やはり、あのビルで妖魔を飼っている）

柚は確信して、考え込んだ。妖魔がいるのはいいとして、どんな情報を持ち帰れば耀司《ようじ》は喜んでくれるだろうか。

（井伊家とドンパチしたって話、聞いたことないしな）

ビルを眺めながら、柚は途方に暮れた。井伊家について柚が知らなかった理由の一つとして、本家では井伊家についておおっぴらに語られていないということがある。つまり、表向きは何事もなかったようにしているのだ。その井伊家の妖魔が巣くっていると思《おぼ》しきビルの場所を告げたからといって、果たして喜んでもらえるだろうか？

（やくざの抗争じゃないもんな……。襲撃なんてしないだろうし）

耀司が敵を襲撃しに行くというなら喜んで前線に立って闘うが、それはまずしない気がする。争い事は眷属《けんぞく》が嫌うからだ。ではどんなことをすれば、耀司の役に立つだろう。

（あの龍のように呪詛《じゅそ》をかけられているものを解放できたら、耀司様は喜んでくれるんじゃないか？）

ふと思いついて、柚は指をぱちんと鳴らした。妖魔を手下にされるのも困るが、柚たち一族にとって一番厄介なのは、眷属である存在を魔の使いにされることだ。今回の龍神のように敵の行動を阻止できれば、きっと耀司だけでなく巫女様や他の皆も柚を認めてくれるに違いない。

そのためにはどうすればいいか。どうやって情報を得るのか。

柚は窓枠に肘をついて考え込んだ。いいアイディアが浮かばなくて、気分を変えるために知っている曲を入れて歌ってみた。一人でカラオケなんてつまらなそうだと思っていたが、案外楽しいものだ。特に自分の下手な歌が他人に聞かれないのはいい。

知っている曲を片っ端から入力しながら、柚は井伊家に潜《もぐ》り込む方法を模索《もさく》していた。

近くにあるビジネスホテルに連泊して、柚はビルの様子を窺《うかが》うことにした。幸いにもビルの向かいにコーヒーショップがあって、窓際のテーブル席からビルに入っていく人を監視することができる。ビルから出てくる人がいたら、そいつを尾行しようと決めていた。ここなら腹が減ったら軽食もあるし、トイレもあるから長時間の見張りが可能だ。そう思って一日中コーヒーショップで張っていたが、驚くほどビルには人の出入りがなかった。

「藤風。どう思う？」

延々とビルを見続けるのが苦痛で、柚はたまに白鹿に話しかけた。白鹿は何も言わないが、柚のこの行動についてよく思っていないことは伝わってきた。二、三日ほどコーヒーショップに居座り続け、柚もこの行為がまったくの無駄ではないかと思うようになった。

いっそ、ビルの中に殴り込みでもかけようか。そんな馬鹿な思いが頭を過ぎった四日目、やっとビルから人が出てきた。スーツ姿の男がエントランスから姿を現す。

（あの男……）

思わず腰を浮かして男を凝視し、柚は興奮した。ビルから出てきた二十代後半くらいのスーツの男は、龍神と接した際に脳裏を過ぎった銀縁《ぎんぶち》眼鏡の男なのだ。これは尾行して正体を確かめなければならないと柚はガラス越しに男を注視した。

（あれ？）

男を目で追っていた柚は、動揺して眉根を寄せた。銀縁眼鏡の男は何故か柚がいるコーヒーショップに入ってきたのだ。コーヒーを飲みに来たのだろうか。店を出ようと思っていた柚は座り直し、メニューを見る振りをして男が座る場所を確認しようとした。

「相席、構いませんか」

ふいに頭上から声がして、柚はぎょっとして顔を上げた。いつの間にか銀縁眼鏡の男が柚の横に立っていて、にこやかな笑顔で柚の向かいに腰を下ろしてくる。まだいいとも言っていないし、店内には他に空いている席がいくつもある。これは完全にしくじったと柚は青ざめた。

目の前の男は、明らかに柚を目的として、この店に入ってきたのだ。

銀縁眼鏡の男は注文を取りに来たウエイトレスにコーヒーを頼むと、値踏みするように柚を眺めた。

「さて……、よろしければ自己紹介などしていただけますか？」

銀縁眼鏡の男は屈託のない声で柚に手のひらを差し出した。柚は黙って銀縁眼鏡の男を睨《にら》みつけた。突然の出来事でどういう対応をすればいいか判断がつかなかった。銀縁眼鏡の男の周りには妖魔や悪霊の類は見当たらない。けれど、この男はあの龍神を鎖で縛りつけていた。油断は禁物だ。

「無言ですか。ではこちらから。私は井伊直純《なおずみ》と申します。あなたは弐式《にしき》家の関係者ですか？　見たところ、鹿の眷属を連れているようだが」

井伊と名乗った男は、柚の心まで見透かすように目を細めた。柚の眷属が視《み》えるということは、やはり井伊家の関係者——柚は考え込んだ末に「伊勢谷柚《いせやゆず》です」と名乗った。

「伊勢谷君は弐式家の血筋の方ですか？　名前を存じ上げなくて申し訳ない。……それで、伊勢谷君はどういったご用件で？　ああ、先に言っておきますが、うちのビルには妖魔を四隅に配置しておりましてね。不審者がいたら報告させているんです。伊勢谷君はここ数日、ビルを覗いていたようですが」

井伊は緊張した様子はまったくなく、まるで天気の話をするみたいに柚を揺さぶってくる。ビルを監視していたのが完全にばれている。妖魔がいたなんて、ぜんぜん気づかなかった。柚はこの場をどう切り抜けようかと頭を巡《めぐ》らせた。

(こうなったら、大胆にいくしかない)

柚はじたばたするのをやめて、井伊を真っ向から見返した。

「井伊家に興味があったんです」

柚がきっぱりと言い返すと、井伊の目が面白そうな色を放った。

「ほう」

井伊はちょうど運ばれてきたコーヒーを受け取り、その香りを堪能《たんのう》して唇の端を吊り上げた。

「あのビルの中はどうなっているんですか？　会社が入っているようだけど、検索しても出てきませんでした」

柚が単刀直入に聞くと、井伊はまたゆっくりとコーヒーに口をつけ、静かに微笑んだ。会社が架空のものかどうかまでは分からなかったが、ビル丸ごと井伊家の所有物だというのは間違いないようだった。揺さぶっているうちに何か有益な情報が得られれば——そんな気持ちで柚は頭を働かせた。

「そういうことでしたら、中に入ってみますか？」

井伊にさらりと言われ、柚は虚《きょ》を衝《つ》かれて「えっ」と引っくり返った声を上げてしまった。まさか招待されるとは思っていなかった。妖魔や悪霊を中に封じ込めているなら、隠そうとするとばかり考えていた。

「いいんですか……？」

柚は戸惑いながら聞いた。中を見ることができるなら、もっといろんな情報を得られるかもしれない。とはいえ敵の本拠地に一人で入るなんて危険だろうか。

（でもビルの中にはほとんど人がいないはずだ。朝から見張ってたけど、人の出入りはなかった。

この人一人くらいなら、俺だって……）

柚はめまぐるしく頭を働かせ、どうすべきか悩んだ。井伊という男、雰囲気は悪くない。終始にこやかだし、物腰は丁寧だ。眷属をつけている柚にとって、危惧すべきはビル内にいる妖魔がどれほど強いかということだけだ。

「無理にとは言いませんけど」

柚が迷っているのを見越して井伊が笑った。その笑い方が子どもに対するようなからかいを含んでいたので、ついカッとなって柚は「行きます」と答えてしまった。

このまま本家に戻っても、何も変わらない。耀司のために有益な情報を得て、認められたい。

「それはよかった。弐式家の討魔師とは仲良くしたいですからね」

井伊は微笑みながら柚の分の伝票を手に取った。井伊は止める間もなく席を立ち、さっさと柚の分までコーヒー代を払ってしまう。自分の分くらい払うと言ってみたが、いかにも年上といった感じの井伊に軽くあしらわれただけだった。

井伊はコーヒーショップを出ると、道路を横切り、ビルのエントランスに入っていく。ビルは誰でも入っていいように鍵もかかっていないし、オートロック機能があるわけでもない。変な話、一般人でも入り込むことが十分できるのだ。いくらなんでも無防備すぎないかと逆に気になった。

（ひょっとして、ふつうのビルなのか？　いや、油断は禁物だ）

柚は緊張しつつ、井伊の後をついていった。エントランスロビーには白いカウンターがあるのでここが受付らしいが、電話一つないし、間違えて入ってきた人は戸惑うだろう。ロビー隅に置かれた応接セットの奥にエレベーターがあって、井伊は九階のボタンを押した。

『柚、入らないほうがいい』

エレベーターが下りてくる間、白鹿の不快そうな声がした。妖魔がいるところに行こうとしているので、白鹿の反応は当然だ。

(ごめん、少しだけ我慢してくれ。ざっと見たら、すぐ帰るから)

心の中で白鹿に謝り、柚は隣に立つ井伊をさりげなく観察した。井伊は神経質な男かもしれない。眼鏡には一点の曇りもなく、スーツの袖や靴先まで汚れが一つも見当たらない。

「さぁ、どうぞ」

エレベーターが下りてきて、扉が開くと、井伊が柚の背中を押した。井伊に背中を触られた瞬間、ざわりと怖気が立つ。反射的にエレベーターの奥へ入ってしまう。

「伊勢谷君とは仲良くしたいですね」

扉が閉まり、井伊が薄い唇を吊り上げた。


九階に上がると、短い廊下があり、三つのドアが並んでいた。井伊はそのうちの一番手前のドアを押し開け、「どうぞ」と招き入れた。柚は油断しないよう辺りを窺ってから、部屋に入った。ブラインドが下りているせいか、室内は薄暗かった。室内はまるで引っ越したばかりのように、何もない。床は土足で歩けるようなコンクリート打ちっぱなしだし、壁は白いのだがところどころ染みがあった。そして、部屋の隅っこに大きな檻《おり》があった。

「あれは……」

一歩足を踏み入れたとたん、急に身体が重く感じた。足に枷《かせ》でもつけられたかのように歩きづらい。思わず後退すると、井伊がすたすたと中央まで進み、振り返った。

「どうぞ。これが視たかったんでしょう？」

井伊が檻を指差して笑う。すると吐き気を催《もよお》すような気持ち悪さが全身に起こった。さっきまで井伊のことをふつうの人だと思っていたのに、何故か目の前にいる男が別人に見える。今の井伊には、全身鳥肌が立つような恐ろしさを感じる。

「ああ、気を弛《ゆる》めちゃったから、怖くなったかな？」

柚が震えているのに気づき、井伊が失笑した。

「君を怖がらせないように、柔らかい気をまとっていたからね。ホームに来ると、どうしても気が弛んで素が出ちゃうね」

井伊はポケットから取り出したハンカチで眼鏡を拭き、潜《ひそ》めた笑いを漏らした。

「失礼。君を怖がらせるつもりはないいんだよ」

井伊はそう言うなり呼吸を整えた。すると不思議なことに先ほどまでの嫌悪感が消え、息を吸うのが楽になった。自分の放つ空気を自在に変えられるというのか、この男。

「それ……、なんですか?」

柚は出入り口の前から一歩も動かず、檻を顎でしゃくった。いざとなったら、走って逃げようと気を張り詰めて。

「妖魔だよ。うちで扱っているものです。まだ調教中で、檻からは出せない」

井伊は檻を覗き込み、満足げに微笑んだ。檻の中には黒い煙のような物体が入っていた。柚の目には少なくともそう見えた。

「このビルは……妖魔を保管している場所ってことですか?」

柚は檻の中で微動《びどう》だにしない妖魔を見据えて言った。柚はビルを監視している最中、黒い影が動いているのを視ている。それはもっと小さいもののようだった。

「中継地点ってところですかね」

井伊は気負った様子もなく答える。てっきりごまかされると思っていたので、柚は意外な感じがした。隠す様子もないし、わざわざ内部に入れてくれるなんて、おかしい。

「どうして俺を中に……?」

柚は鼓動が徐々に速まって、自分の声が低くなるのを厭《いと》うた。とっととここから出て行ったほうがいい。白鹿の言った通りだ、中に入るべきではなかった。

今度の質問には井伊は答えなかった。黙って微笑み、氷のように冷たい眼差《まなざ》しで柚を見据えてくる。

「俺——帰ります」

柚は我慢し切れなくて、踵《きびす》を返した。エレベーターまで走り、急いで乗り込む。井伊に引き留められるのではないかと不安だったが、意外にも彼は追ってこない。柚はエレベーターで一階まで降りると、急《せ》くようにビルを飛び出した。

井伊は何もしてこない。てっきり捕《と》らえられるのではないかと考えていただけに肩透かしを食《くら》った気分だった。一人で焦《あせ》って馬鹿みたいではないか。

(あいつ、何者なんだ。俺より強そうだった……)

早くこのビルから離れよう、そう思って数歩歩きかけた柚は、自分がとんでもない失態をやらかしたことに気づいた。

「う、嘘……っ」

それに気づいたとたん、冷や汗が全身を伝った。柚は真っ青になってUターンすると、再びビルに飛び込んだ。嘘だ、嘘だと思いつつ、柚は震えながらエレベーターのボタンを連打した。

「——おや、どうしました」

九階に戻り、派手な音を立ててドアを開けた柚を見て、井伊が振り返る。その目は面白そうに歪《ゆが》んでいる。柚は息を荒らげ、汗を掻いた手を握り締めた。

「お、俺の……っ、俺の眷属をどうした……っ!?」

柚は悲鳴じみた声で叫んだ。

ビルを出た時、柚は違和感を覚えた。身体に穴が空いたような、どこか心もとない感じだった。その違和感の正体にすぐ気づいた。

白鹿が――いない。常にいるはずの眷属が、どこにも見当たらなかったのだ。

『柚』

ふいに声がして、柚は安堵《あんど》して顔を横に向けた。白鹿がそこに立っていた。けれど白鹿は苛立《いらだ》ったように前脚を地面に叩きつけ、鼻息を荒くする。

「伊勢谷君、君、中の下って感じかなぁ」

井伊は笑いながら近づいてきた。柚は怯《ひる》んで後退し、身構える。

「このビルね、入った者は私の許可がないと出れないような術を仕込んであるんですよ。だからね、君がここに入ったことで術は完成しているというわけ。私が欲しいのは、君じゃなくその眷属だから」

井伊は抑え切れないというように笑みをこぼし、柚の真正面に立った。その意味が理解できて、柚は背筋がゾッとした。入ってはいけないと白鹿が止めたのは、その術の存在に気づいたからだ。けれど柚はうかつにも入ってしまった。柚と契約しているせいで、白鹿もビルに入ってしまうことに気づかず。

「な……な……」

柚は拳《こぶし》を震わせた。眷属をここから出すためにはどうすればいいか、とっさには何も浮かばなかった。自分が大失態を犯したことだけは分かる。大事な眷属を奪われるなんて――。

「どうやら君はこの眷属の力をすべては引き出せていないようだ。代わりに私が調教しておきましょう。真名《まな》を読み取るのに、時間はかかりそうだが……」

井伊は白鹿を眺め、楽しげに呟《つぶや》いた。

「眷属を返せ!!」

柚は怒りに我を忘れ、井伊に飛びかかった。すると井伊に触れる前に横から黒い影がぶつかってきて、柚の身体を壁に激突させる。痛みに顔を顰《しか》めながら起き上がろうとしたが、黒い影は軟体動物のように柚の身体にまとわりついてきた。

「畜生《ちくしょう》、こいつ!」

身体にまといつく黒い影を引き離そうとしたが、腕や首にからみついて離れない。気色悪くて引きちぎろうとしたが、ふいにそれが人の形をしてきて、柚は驚愕した。長い髪が生え、細い手足が伸びてきて、柚に抱きついてくる。

『……ゆずぅ……ゆず……』

聞き覚えのある声に、寒気がして、柚は身体を硬直させた。この声、吐息、腕……まさか。

『アタシのいうこと、ききなさぁい……』

身体にからみつく黒い影はいつの間にか柚の母親になっていた。耀司に助けられてからは、ほとんど写真を見ることもなかった。思い出すのが苦痛になっていたからだ。けれどまとわりついてきた女性を見てはっきり思い出した。記憶の中にいた母だ。執着を秘めた瞳でいつも自分を監視していた。意に染まぬ行動をすると、思い切り引っぱたかれた。

「か、あさ……ん……」

柚は言いようのない恐怖に支配されて、床に転がった。母は柚の首を絞めるようにしてのしかかってくる。

『おかあさんのいうこと、きけるでしょ？　アタシはゆずを愛しているからこうするのよ。あなたのためにやっているのよ』

小さい頃何度も聞かされた呪いの言葉が、柚の心を硬直させた。抵抗しなければと思うのに、抵抗したらもっとひどい暴力を受けることが分かっているから、身動きできなくなる。ぎりぎりと首が絞まっていく。息ができない。

——捨てろ。

ふいに脳裏に凛《りん》とした声が響いた。柚はハッとして目を見開いた。

——そんな奴、捨てろ。

あの日、初めて会ったまだ幼い耀司の声が頭に蘇《よみがえ》り、柚は抗《あらが》うように黒い影を睨みつけた。

『柚！』

一陣《いちじん》の風と共に、柚の首を絞めていた黒い影が霧散《むさん》した。白鹿が黒い影を蹴散らしてくれたのだ。柚は我に返って、起き上がった。よろめくようにして白鹿の傍に駆け寄る。母の記憶を呼び覚まされて、完全に冷静さを欠いていた。もう忘れていたと思っていたのに。あんなに鮮明に記憶を戻されて、あの頃の自分が蘇ってしまった。

「藤風、武器を」

柚はこの場を切り抜けたい一心で白鹿の真名を唱《とな》え、腹に手を入れた。白鹿は一瞬嫌がるように身をよじった。その意味を考える間もなく、柚は槍のように長い武器を取り出した。討魔師は契約している眷属から武器を取り出すことができる。白鹿の武器は槍の先が鹿の角のように枝分かれしているものだ。

「愚《ぐ》の骨頂《こっちょう》だな」

井伊は高みの見物とばかりに壁際に立って、柚たちを眺めている。その馬鹿にした態度が許せなくて、柚は武器を井伊に向けた。

「それで私を刺す気か？　私は人間なのに？」

笑いながら井伊に言われ、柚は我に返って青ざめた。柚を苦しめた妖魔は白鹿が消滅させた。井伊の言う通り、柚が握っている武器は妖魔や悪霊に対してのもので、人間相手には使えない。井伊がどれほど非道なことをしても、人間である限り、意味をなさない。

「クソ……ッ」

柚は思い余って檻にいる妖魔に槍を突き刺した。妖魔が断末魔《だんまつま》の悲鳴を上げて消滅する。

『柚、ここはいったん引け』

井伊に再び飛びかかるべきかと考えていた柚に、白鹿が厳しい声音で言った。

「でも……」

眷属を奪われて、去ることはできない。そう言いかけた柚に、白鹿が前脚を振り上げる。柚を威嚇《いかく》するように。

『お前に私を連れ出すのは無理だ』

白鹿の黒い大きな瞳が、柚を見据える。柚はショックを受けて構えていた槍を下ろした。同時に槍は光となって消え去る。

『早く行け』

柚の背後から再び真っ黒な姿になった母親が迫ってくる。おぞましく、身体を硬直させる力があった。柚がパニックに陥《おちい》ると、白鹿がそれを蹴散らしていく。だが、次から次へと母親の姿をした悪鬼が現れ、柚は絶望を感じた。

柚だけでも逃げろという白鹿の指摘はもっともだった。このビル全体にかけられた術を解く力は柚にはない。妖魔を消し去ることはできても、井伊と生身で喧嘩して勝てるかどうか分からない。もし仮に柚が井伊を殴り倒したとしても、井伊が術を解くとは思えなかった。

「どうすれば眷属を返してくれる⁉」

柚は思い余って怒鳴り散らした。井伊は眼鏡を指で押し上げ、薄く笑う。

「せっかく手に入れた上物を逃すはずがない。文句があるようだが、そちらにはうちの若い者を廃人同然にされた恨みもありますしね」

井伊はポケットからスマホを取り出して言う。

「ご存知でしょう。涼真ですよ。そちらの本家の次男にひどい目に遭《あ》わされましてね、すっかり自信喪失してもう使えなくなりました。本家の次男は落としやすいと思ったんですがねぇ……」

井伊はどこかに電話をかけながら話す。有生のことか。そういえば慶次《けいじ》が何か言っていた。

「それにやりかけの龍神も奪われたようじゃないですか。恨み節になるのも致し方ないでしょう？　まぁでも伊勢谷君より力のある討魔師を生贄《いけにえ》代わりに差し出してくれるというなら、眷属を返すこともやぶさかではないですよ。もっとも上級の眷属を持ってる討魔師に限りますがね。

——ああ、私だ。上物が入ったから来い」

井伊は電話相手に話しかけている。これ以上の交渉は無理だと柚は断念した。歯を食いしばり、白鹿に「すまない」と謝り、部屋を飛び出した。

これ以上、ここにいても事態はよくならない。柚一人では白鹿を取り戻すことは不可能だ。ビルを出て、柚は悔しさに肩を震わせながらビルを見上げた。

とんでもないことをしてしまった。眷属を奪われるなんて、最悪の事態だ。白鹿は井伊家の奴らにどんな目に遭わされるのだろう。大切な眷属を、よりによって井伊家の奴らのもとに……。

柚は泣きそうになりながら駅まで走った。眷属がいないだけで、道を歩くことにさえ不安を感じる。もう三年もの間、白鹿がずっと傍にいた。いなくなってどれほどその存在が自分を守ってくれていたか分かった。

（必ず取り戻すから、待っていてくれ、藤風）

一刻も早く本家に戻らなければと柚は電車に飛び乗った。

■6　討魔師

本家に戻るまでの時間は、柚にとって人生で最大の苦痛だった。飛行機で帰る最中考えていたことは、帰ったらどれほど叱られるのだろうかという一点だ。最初は早く戻らなければと思っていたのに、冷静になるにつれ、眷属を奪われた自分がどんな責任を取らされるかと思うと、このまま逃げ出したくなった。

耀司は今回のことをどう思うだろう。柚のことを軽蔑するだろうか、呆《あき》れるだろうか、口もいてくれなくなったらどうしよう。嫌な考えが頭をぐるぐる回り、陰鬱《いんうつ》な気分になった。こんな失態を犯して、ただですむはずがない。

悲しくて苦しくてつらくて、自然と頭は下を向いた。それでも白鹿を取り戻すには本家の力が絶対必要だ。どんなに嫌でも一刻も早く帰らなければならない。

柚はどんよりとした気分でその日の午後六時過ぎには最寄り駅から本家に向かうタクシーに乗っていた。バスで二時間かかる道は、タクシーでも一時間半かかる。近くの橋で降ろしてもらい、柚は重い足取りで本家に向かった。

本家の母屋《おもや》に続く道には三メートルほどの大きな黒い門があるのだが、そこを潜《くぐ》ったとたん、大きな羽音があちこちからした。驚いて頭上を見上げると、空に風の渦《うず》がいくつかできている。天狗《てんぐ》は柚の異変に気づいたらしく、羽音が屋敷のほうに飛び立っていった。

柚は観念して、速足で屋敷に向かった。

「柚」

屋敷の前には驚くことに、耀司や巫女様、当主の丞一《しょういち》、中川《なかがわ》、当主の弟の和典《かずのり》、他にも数人の男が待ち構えていた。全員強張《こわば》った表情で柚を見ている。彼らに隠し事などできない。耀司は険しい表情で柚を見つめている。

「申し訳ありません……」

柚は皆の前に来ると、地面に膝をつき、土下座した。耀司の怒っているような顔で頭がいっぱいになり、泣きそうだ。いっそこの場で死ねたら楽なのに。

「眷属を奪われてしまいました……」

柚が地面に額をつけて謝ると、耀司が柚の腕を摑んで持ち上げた。

「中でくわしい話を。お前の異変については天狗から知らせが来ていた」

耀司は強張った表情のまま、柚を立たせると、背中を押した。

母屋の広い和室に柚は連れて行かれた。中川が言うには、龍神の穢《けが》れを落とす行《ぎょう》が終わり、一段落ついたところらしい。龍神の穢れを落とす行《ぎょう》を行うために、有力な討魔師が集まっていた。

そこへ天狗がやってきて、柚の異変を知らせたのだ。

「俺が馬鹿だったんです……」

柚は何が起きたかをすべて報告した。和室には円を描くように座布団が置かれ、討魔師が勢ぞろいして座っている。いつの間にか有生も隅っこにいて、寝転がりながら柚の報告を聞いている。

「なんということだ。井伊直純か。井伊家の若殿じゃないか」

当主の丞一がため息をこぼして言う。耀司の父親である丞一は五十代だが、見た目も若々しくがっしりした体格だ。柚は驚いて顔を上げた。井伊家の若殿――？

「相手が悪かったのう。そやつは井伊家の実力者じゃ。お前など赤子の手をひねるようなものだったに違いない」

巫女様もやれやれと首を振る。強いとは思っていたが、そんなにすごい相手だったとは気づかなかった。否、気づかれないように相手はしていたのだろう。

「困りましたね、どうしますか。井伊家に眷属を奪われたら、眷属が妖魔化するのは目に見えています」

中川は渋い顔で腕を組む。

「一刻も早く眷属を取り戻さねばならない。だがうかつにそのビルに入ったら、どんな目に遭うか。ビルにかかった術式を解かねば、我らの眷属すら奪われかねない」

丞一は皆を見渡して呟く。

「――俺が眷属を取り戻しに行きます」

間髪《かんはつ》を容《い》れずに発言したのは耀司だった。柚はおそるおそる耀司の表情を窺った。耀司は依然《いぜん》険しい顔つきで、丞一を見ている。その場にいた皆が耀司に注目する。

「お前が行くのか、しかし……」

丞一は渋い表情で考え込む。

「柚を連れて来た時、俺はすべての責任を負うと言いました。だから、俺が責任を取るのが筋でしょう」

耀司はそう言うなり、すっと立ち上がった。柚はびっくりして耀司の顔を見上げた。知らなかった。耀司は自分を本家に引き取る時、そんなことを言っていたのか。

「耀司様……」

柚は息をするのも苦しくなって、か細い声をこぼした。耀司はちらりともこちらを見ない。今まで気づかなかったけれど、耀司はかなり疲れているようだった。頬が少しこけているし、全体的にだるそうだ。柚はなんと言えばいいか分からなくて、胸の辺りをぎゅっと摑んだ。結局耀司に迷惑をかける羽目になってしまった。耀司は怒っているようだ。柚が馬鹿な真似をしたからだ。

「明日の朝、発ちます」

「耀司」

巫女様が声をかけたが、耀司は無言で和室を出て行ってしまった。残った人たちが互いに顔を見合わせるようにする。張り詰めていた場には、わずかながら安堵の空気が流れていた。柚は自分が情けなくて、目尻に涙を溜めた。

「巫女様、俺……」

柚が湿った声を出すと、巫女様が大きなため息をこぼした。

「ここは耀司に任せるしかないのう。有生、おぬしも耀司の手助けに行け」

巫女様が寝返りを打った有生に憮然《ぶぜん》として告げる。

「えー。なんで俺が。兄さん一人で平気でしょ」

有生は手をひらひらさせて、そっぽを向く。

「耀司は何日もろくに寝ずに経を唱えておったのじゃ。疲労が溜まっておるはず。まったくやっと龍神の穢れを取り終えたと思ったら、今度は眷属を奪われるとは。井伊家に振り回されておるわ」

巫女様はぶつぶつと文句を言い、使用人が運んできたお茶に口をつけた。耀司が疲れているように見えたのは、ずっと働いていたからか。ますます申し訳なくて、柚は気持ちが沈んだ。本当は今すぐにでも耀司を追いかけて謝りたいが、怒られるのが怖い。怒られるだけならいいが、嫌われていたらどうしよう。どうしてあんな男の口車に乗せられてビルに入ってしまったのか。できることなら時間を巻き戻して自分の行動を取り消したかった。

「うちが傍観《ぼうかん》しているのが悪いんじゃないか？　井伊家の奴ら、やりたい放題だ」

和典が大きな身体を丸めて吐き出す。和典は耀司と一緒に自分を助けに来てくれた人だ。久しぶりに会ったが、髪に白いものが少し混じっていた。

「それも仕方あるまい。我らは眷属と契約を交わす身。争い事は眷属にとって不快なものだ。井伊家と同じ土俵に立つことまかりならぬ」

丞一は威厳を込めて言った。

「じゃあ、井伊家との接触自体を禁止するしかないな」

和典が肩をすくめて柚に膝を寄せてきた。

「柚、元気出せよ。運が悪かったよ。あとは耀司に任せておけ」

慰めるように和典に肩を叩かれ、柚は唇を噛んだ。

「巫女様、やはり井伊家の情報は全員に周知させるほうがよいのではないですか？　柚さんも相手が井伊家の若殿だと知っていたら接触しなかったでしょうし。大体耀司様も少し柚さんに対して過保護なんですよね。井伊家の話をなるべく聞かせないようにして」

中川が困ったと言いたげに首を振った。なんのことか分からなくて柚が見ると、中川が苦笑した。

「仕事で何度か井伊家とトラブったことがありましてね。耀司様はそのことを柚さんに絶対言うなって。柚さんのことだから、耀司様のために井伊家に殴り込みに行きかねないって。まぁでも結局井伊家に殴り込みに行っちゃったようなものですけど」

ぜんぜん知らなかった。これまでにも耀司は井伊家と関わり合っていたというのか。中川の言う通り、そんなことを知っていたら、許せなくて殴り込みに行っていただろう。己の力量もわきまえず。

「柚。たとえ無事に眷属を取り戻したとしても、多少の罰は覚悟しておけよ」

巫女様が居住まいを正して、凜と述べる。柚も素直に頷《うなず》いて、改めて頭を下げた。こんな失態を犯した以上、責任は取らされるだろう。それも眷属が返ってくればいいが、もし返ってこれない事態に陥ったら……。柚はゾッとして目を伏せた。その時は、確実にこの屋敷から追い出されるだろう。

「本当に申し訳ありませんでした……」

柚は畳に額を擦りつけ、何度も謝った。


自室に戻った時には十二時を回っていた。夕食はあまり咽《のど》を通らず、部屋に戻ってもなかなか寝つけなかった。

明日は場所を案内するために、柚も耀司に同行することになった。本来なら耀司と出かけられて嬉しいはずなのに、こんなに苦しいのは初めてだ。耀司の信頼を失い、愚かな行動に走った柚を、耀司はもう受け入れてくれないだろう。そう思うだけで涙が滲《にじ》んで、自然と身体が震えた。耀司のこともそうだが、今頃白鹿がどんな目に遭っているかと考えるだけで、奈落《ならく》の底に落ちるような気分だった。

（やっぱり今から謝りに……でもこんな時間……、睡眠の妨《さまた》げになる）

悶々《もんもん》と考え込み、何度も寝返りを打って眠れない夜を過ごした。結局朝日が昇るまで一睡もできなかった。

柚は迷った末にスーツに着替え、出かける前にせめて耀司に土下座して詫びようと決めた。まだ辺りは薄靄《うすもや》に包まれていて、母屋からはなんの物音も聞こえなかった。使用人さえ起きていない時間だと気づき、柚は玄関前にある灯籠《とうろう》の傍で立っていた。しばらくぼーっとしていると、ふいに引き戸が開いた。

「柚」

出てきたのはスーツ姿にボストンバッグを持った耀司だった。柚に気づき、目を丸くしている。こんなところに柚がいるとは思わなかったのだろう。

「よ、耀司様、あの俺……っ」

柚はカーッと耳まで熱くなり、慌てて耀司に駆け寄った。耀司は昨日とは違い、怒っている様子はない。いつもの静かな威厳に満ちた佇《たたず》まいだ。

「俺……っ、俺、ごめんなさい！　迷惑かけて、本当に、申し訳ないです……っ」

柚は深く頭を下げ、一気にまくし立てた。それだけではすまなくて、地面に跪《ひざまず》こうと思ったが、それを察した耀司に腕を摑まれた。

「過ぎたことはもういい。それに……どうせ、俺のせいなんだろう？」

耀司に肩を軽く叩かれて、柚は涙目で見返した。耀司は困り果てたような顔で柚を見ている。

「柚のことだから、あんな場所に行ったのは俺のためだろ？　俺にとっては意味不明だけど、お前の中では繫がってるんだろう？」

耀司は素直に吐けと言わんばかりに顎をしゃくる。耀司が怒っていないのが分かり、柚はホッとして目を潤ませた。

「俺……、耀司様に愛されたくて」

ぼそりと呟くと、耀司のこめかみが引き攣《つ》る。

「どういう意味だ？」

「耀司様が変われって言ったから、俺、討魔師としてもっと強くならなきゃって。役に立てたら喜んでもらえるかもって」

柚が意気込んで言うと、耀司は目をつぶり、しばらく額を手で押さえていた。耀司にもやっと自分の言ったセリフのせいで柚がこんな行動に出たと理解できたらしい。

「……柚、俺が言いたかったのはそういうことじゃない」

耀司は眉間を指で揉み、ふうと吐息をこぼして駐車場に向かった。

「ち、違うんですか!?」

違うとは思っていなくて、柚は声を荒らげた。わざわざ東京まで行ったのは、すべて耀司に愛されるためだったのに。そんな、と悲痛な声を上げて柚は耀司の後を追いかけた。耀司は車のトランクに荷物を置くと、うろんな眼差しで柚を見た。

「俺が言いたかったのは、俺への依存をやめてくれないと、そういう対象に見られないということだ」

車に寄りかかりながら耀司が説《と》くように言った。柚は怯んで顔を強張らせた。

「別に……俺、依存してるわけでは……」

「してるだろ。お前は小さい頃、母親に依存していた。今はその対象が俺になってるだけだ」

耀司に遮《さえぎ》るように言われ、柚はどきりとして足がすくんだ。井伊のせいで、小さい頃の感情がリアルに蘇った。確かに自分は小さい頃、母を失ったら生きていけないような気になっていた。

「お、俺、は……」

母の声や吐息、からみつく腕の温かさまで思い出して、突然息苦しくなる。柚は胸を掻きむしり、身を折るようにした。なんだ、これは。今までこんなことなかったのに。

「柚」

耀司が柚の異変に気づき、大きな手で顎を持ち上げられる。柚はびくりとして、身を縮めた。

耀司が驚いて柚の額にかかった前髪を掻き上げる。

「何かされたのか、井伊に」

耀司の目が鋭く光り、柚の額に噴き出た汗が拭《ぬぐ》われる。耀司は目を細め、探るように柚の瞳を覗き込んだ。

「……なるほど、トラウマを刺激されたか」

耀司には何かが視えたらしい。柚の顎からすっと手を離すと、小刻みに震える背中を撫でられる。

「ずいぶん悪趣味な妖魔を飼っているようだな。――気に食わない」

耀司は遠くに目をやり、呟いた。ふっと耀司から見たことのない物騒《ぶっそう》な気配を感じた。それが有生に感じるような負の空気に似ていて、柚は驚いて身をすくめた。けれどそれは一瞬で掻き消え、いつもの清涼な空気に戻る。

「柚。はっきり言わないと分からないようだから、言おう。俺は恋人にイエスマンはいらないんだ。俺と特別な関係になりたいなら、俺から自立しろ。なんでもかんでも俺の言うことに従うのはやめにするんだ」

きっぱりと耀司が言い切り、柚は動揺して数歩後退した。

耀司が言いたかったのはそういうことだったのか、と分かったが、同時にそれは無理だと内心悲鳴を上げていた。耀司のことだけを考えて、耀司のためにだけ生きる。そういう人生しか送る気はなかった柚にとっては、全否定されたようなものだ。

「ど、どうして駄目なんですか……、だって耀司様はいつも正しい……、逆らう意味が分かりません」

柚はおろおろして耀司を見上げた。

「そんな関係はなんの発展もない。商売女と寝るようなものだ。お前は俺の性欲処理相手にでもなりたいのか？」

耀司が珍しく下卑た発言をした。性欲処理相手と言われて本当なら怒らなければならないのだろうが、想像してみても怒りは露《つゆ》ほども湧かなかった。

「俺は……別にそれでも……」

小声で呟いたとたん、耀司が苛立ったように柚の両頬を摑んで持ち上げた。

「話にならない」

耀司が憤《いきどお》ったように柚を睨みつけてきた。額がくっつきそうなほど近くまで顔を寄せられ、柚は動揺して固まった。苛立っている耀司の瞳は燃えるようで、それさえも美しいと思った。

「お前は俺の犬か？」

髪をぐっと摑まれて、柚は耀司の瞳に吸い込まれそうだとくらくらした。

「犬でいいんです、俺は」

気づいたらそう口走っていた。耀司が求めるのとは違う答えだと分かっていながら。案の定、耀司は苦しげな表情に変わり、柚の髪にかかる手が弛んだ。

「飼い犬だってもっと自分で考える。お前は犬以下だ」

怖いくらい強い視線で見据えられ、柚は鼓動が高鳴って身震いした。柚は犬でいいのに、耀司は駄目だという。耀司が求めているのは、自立した人間で、耀司を崇拝《すうはい》する柚はそぐわない。そう言われても、長年培《つちか》われてきた思いは簡単には変えられなかった。耀司の言うことは正しいし、その後ろをついていけば間違いはない。それのどこが悪いんだ。何がいけないんだと叫び返したい。

「……」

耀司は柚から身を離すと、熱くなった気持ちを鎮《しず》めるように背中を向けた。

「——朝食を食べたら、出かけよう」

耀司はこの話し合いを放棄することに決めたようだった。柚は黙って頷いて耀司の後ろを歩いていった。耀司が振り返ってくれないことに一抹《いちまつ》の寂しさを感じながら。


食堂で朝食を食べていると、巫女様が三十センチ四方の桐箱《きりばこ》を抱えてやってきた。桐箱の上面には柚には読めない字で何か書かれている。

「眷属が穢れを受けていて柚に戻せないようじゃったら、この中に入れてお連れするのじゃ。昨日から数人がかりで術を使い、この桐箱を眷属が入れる器《うつわ》にしておいたゆえ」

巫女様はそう言って桐箱を紫の風呂敷で包んだ。

「奈良に住んでおる斎川《さいかわ》に、眷属のおった神社の神様の力を込めたお札《ふだ》をもらうよう言ってある。途中で受け取って、この桐箱にしまうとよい」

巫女様に説明され、柚は分かりましたと桐箱を受け取った。斎川は一族の討魔師の一人で、奈良に住んでいる中年男性だ。

「では行ってまいります」

食事を終えて玄関に立つと、丞一や中川、和典が見送りに来てくれた。一人一人に頭を下げ、柚は玄関の引き戸を開けた。すると、中庭のほうからのそのそとやってくる人影がある。巫女様が顔をほころばせた。

「有生、来てくれたか」

スーツ姿の有生だ。面倒そうにあくびをして、旅行バッグを肩にかけている。

「言っとくけど、俺、運転しないからね」

有生はだるそうに言って、さっさと駐車場に向かう。本家の長男と次男がいれば、たいていのことは片付くだろう。昨日は行ってくれる気配はなかったのに、案外いい奴だったのかもしれない。

「くれぐれも無茶をするでないぞ。じゃが……分かっておるな？」

別れ際、巫女様がくどいほど念を押してきた。多少無茶をしても眷属を取り戻さなければならないのは百も承知だ。もし今回眷属を奪われたままになってしまったら、今後討魔師として一族がやっていけるかどうかも分からなくなる。眷属のほうでも契約を交わすのを躊躇《ちゅうちょ》するだろう。

耀司は気負っている様子もなくいつも通りだった。有生に至っては、だらけすぎと言っていいくらいだ。柚だけが緊張している。もし眷属を取り戻せなかったら、どうやって詫びればいいのか分からない。眷属を伴《ともな》わないことがこんなに不安を呼ぶなんて思ってもみなかった。時間が経つにつれ、己の犯した失態に身が縮む思いだ。

耀司の運転で車は本家を後にした。どうか帰りには眷属を伴えるようにと、ひたすら願った。

■7　眷属

柚と耀司で交代で運転をして高知から東京を目指した。朝早く出たのもあって、昼過ぎには奈良県に入り、斎川から無事お札をもらうこともできた。お札は桐箱にしまい、柚が膝に乗せて移動した。

初夏の天気のいい日で、気温は高く、高速から見える風景は青々とした緑や色とりどりの花でいっぱいだった。一方、車内はラジオもつけないし、誰もしゃべらないこともあって、静かだった。助手席にいる柚は耀司に話しかけるのを躊躇していたし、後部席にいる有生はずっとゲームをしている。途中のサービスエリアで休憩を取っても、痛いくらいの沈黙が下りていた。もともと耀司と有生は仲よく話すような兄弟ではないのだ。

「あんたら、喧嘩してんの？」

その沈黙を破ったのは、珍しいことに有生だった。新東名《しんとうめい》高速道路を使い静岡県に入った頃、ゲームに飽きたのか、突然話しかけてきた。

「喧嘩なんてしてない。喧嘩にもならない状態だから」

ハンドルを握っている耀司が抑揚《よくよう》のない声で答える。柚は思わず耀司を凝視し、何も言えずにうつむいた。耀司にとってはそういう認識なのか。

「へぇー。珍しい。耀司兄さんが怒ってる」

後部席から身を乗り出し、有生がニヤニヤしながら言った。有生の目から見ても耀司は怒っていると分かるのか。だとしたら原因はさっきの柚の返答のせいだ。何かフォローするような言葉がないか探したが、今の柚には何も言えなかった。

「柚といる時だけは兄さんも人間っぽいね。ウケるわー」

有生の潜めた笑い声がして、柚はつい振り返ってしまった。有生はチェシャ猫みたいな目で笑っている。

「からかうのはやめろ」

耀司は不機嫌そうに呟く。

「有生、耀司様に不遜な態度を取ったら許さないぞ」

いつものようにむきになって咎《とが》めると、耀司にじろりと睨まれた。柚は首をすくめて前に向き直った。こういう態度が嫌だと言われたばかりだった。

「……だって、しょうがないじゃないですか。これが俺なんだから」

黙っていようと思ったのに、どうしても我慢できなくなって、柚はふてくされた声を出した。

「柚」

ムッとしたように耀司が眉根を寄せる。

「今さら変えられるわけないんですよ！　俺は耀司様に変わってくれなんて言わないのに、どうして耀司様は俺を変えたがるんですか!!」

沈黙の間、悶々と考え込んでいたのもあって、気づいたらそう叫んでいた。柚が怒鳴ると、耀司が目を見開き、口を開いた。何か言い返されると思ったが、耀司は言葉を呑み込み、顔を歪めてスピードを上げる。

「えー、何々？　どゆこと」

すっかり有生の興味を引いたのか、前方のシートに手をかけ、興味津々といった様子で窺ってくる。

「うるさい、お前は黙ってろ」

耀司は空いた手で有生の顔を後ろに追いやる。有生は面白そうに笑い声を立て、膝を抱える。

耀司に怒鳴るなんて、自分こそ不遜な態度だったかもしれない。柚は急に落ち込んできて、膝に視線を落とした。

「ハハ、俺、なんとなーく分かったかも。兄さんっぽい悩みだな。いいじゃん、隣にいつでも喜んで股を開いてくれるタスマニアデビルがいるんだから、使い捨てれば。それがこいつの喜びなんでしょ。こんな奴隷気質の奴いないよ」

「有生、本気で黙れ」

苛立ったように耀司が車を左右に揺らした。シートベルトをしていなかった有生が、引っくり返る。耀司らしからぬ危険な走行だ。有生が後ろでますます笑っている。さすがに有生もこれ以上言うと耀司が本気で怒るのが分かったのか、その後は口を閉ざした。

有生は人の気持ちが分からない嫌な奴だと思い込んでいたが、それは勘違いだったと気づいた。兄弟だからかもしれないが、柚と違い、有生には耀司のことが理解できている。

自分はどうだろう？　耀司のことが好きで耀司のことばかり考えているのに、耀司のことを真に理解しているわけではないのではないか。耀司が好きなら耀司の望む人間になるのが正しいのではないか。

日が沈みかけていく中、柚は思い悩んだ。隣にいるのに、耀司が遠いところにいる気がして、心も沈む一方だった。

渋滞にはまったのもあって都内に入った頃には、夜九時を回っていた。遅い時間だったが、一刻の猶予《ゆうよ》もないということで目的地の井伊のビルに車を走らせた。近くの駐車場に車を駐め、耀司は先頭に立って歩き出した。柚は桐箱の入った風呂敷を抱え、耀司の後を追った。有生はだらだらした足取りでついてくる。

8月9日（木）発売予定

定価：684円＋税

エロきゅん♥美容部員BL

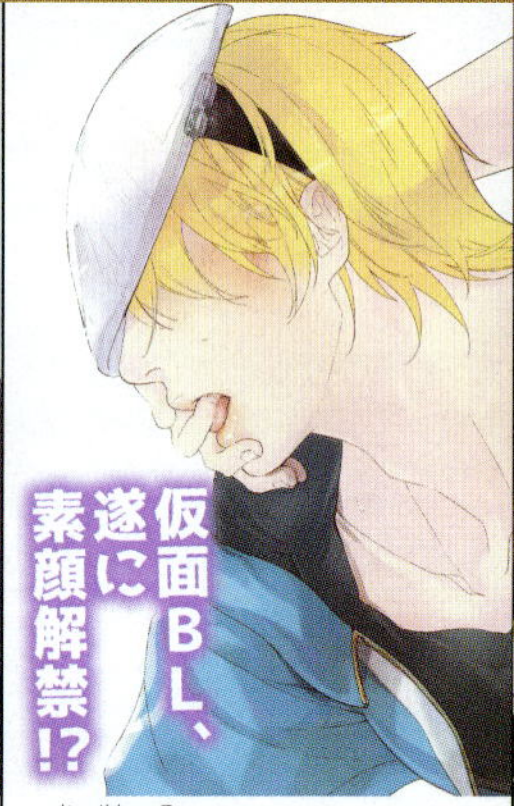
仮面BL、遂に素顔解禁!?

定価：1300円＋税
四六判
8月17日（金）
発売予定

人気WEB発
BLノベル★

コスメティック・プレイラバー

楢島《ならしま》さち

「先輩で遊ばせてよ」生意気ドS後輩に脅されてセフレに…でもある日、本気スイッチを押しちゃって!?

仮面《かめん》越《ご》しに、キス 2

峰島《みねしま》なわこ

執着ドS×ガチムチ健気な仮面くんで話題★　ラブラブ同棲生活に元カレ登場!?　2巻も愛されぐずぐずひんひん♥

金色狼《きんいろおおかみ》と灰色猫《はいいろねこ》　獣人国《じゅうじんこく》と番紋《つがいもん》

棕櫚《しゅろ》　CUT／榎本《えのもと》あいう

番がいるのが当たり前の獣人国で、番がいない灰色猫のミシェイルの前に突然現れた少年は、運命の番…!?

ビーボーイノベルズ　定価：890円＋税　新書サイズ　8月17日（金）発売予定

ビーボーイスラッシュノベルズ　定価：890円＋税　新書サイズ　8月17日（金）発売予定

有生×慶次の

最高のαを生ませるために…？

複数プレイの決定版！
※実際の表紙とは異なります。

狼に捧《ささ》げたい　―眷愛隷属《けんあいれいぞく》―

夜光《やこう》 花《はな》　CUT／笠井《かさい》あゆみ

魔師一族の柚は、本家の実力者である長男・耀司を愛し崇拝している、彼のためにと危険な橋を渡り!?

アルファ王子《おうじ》の陰謀《いんぼう》　～オメガバース・ハーレム～

鈴木《すずき》あみ　CUT／みずかねりょう

王位争いのためΩを集める王子たち。復讐を誓うもの、αを偽るもの、下克上を願うものなど思惑が入り乱れる！

淫話《いんわ》　～淫花《いんか》シリーズ短編集《たんぺんしゅう》～

いとう由貴《ゆき》　CUT／Ciel《シエル》

複数プレイで大人気の「淫花」シリーズ。濃厚なその後が読める商業誌未発表作＋書き下ろしの短編集登場！

ビーボーイコミックスデラックス

各定価：629円+税
B6サイズ

定価：684円+税

人生転落男に幸せは訪れる!?

8月20日（月）発売予定

俺《おれ》は頼《たよ》り方《かた》がわかりません1　腰乃《こしの》

就活＆脱童貞失敗で勃起不全になった牧野はなんとか見つけた就職先のド田舎で清宮というゲイ男子に襲われて!?

定価：712円+税

これだからノンケは嫌い！

8月20日（月）発売予定

俺《おれ》は頼《たよ》り方《かた》がわかりません2　腰乃《こしの》

清宮のお世話のおかげでどんどん回復していく牧野だったが無邪気なノンケの傲慢さで清宮を振り回し始めた！

小悪魔と思いきや超ウブ!?

先輩《せんぱい》がむかつく！ 2　御景《みかげ》 椿《つばき》

「セックスがこんなに凄いと思わなかったんだもん！」再会した先輩に翻弄される…でも超恋愛初心者と分かり!?

狛犬兄弟×人間の人外ラブ♥

狛犬《こまいぬ》の花嫁《はなよめ》　東野《とうの》

狛犬兄弟に求婚された天涯孤独の英国人・セ
ン。新婚生活とともに種付けが始まり、子供を
して!?　描き下ろし番外編アリ！

耀司には何も説明していないのに、驚いたことに目当てのビルに迷いなく辿り着いた。

「ここか。ここだけ時空が歪んでる」

耀司はビルを見上げ、不快そうに呟く。柚にはそこまで分からないが、有生にも一目で他のビルと違うことが分かるようだった。

「今から殴り込みに行くの？　昼間のほうがアドバンテージがあるんじゃない？」

有生はポケットに手を入れ、ガムを嚙んでいる。逢魔《おうま》が時《とき》というが、眷属と契約している討魔師は、やはり力を使うなら太陽が出ている時間のほうが強い。逆に妖魔や悪霊を従えている井伊家は、闇の時間こそ活動時間だろう。

「とっとと帰りたい」

耀司はそう言うと、ビルの入り口の扉に手をかけた。鍵はかかっておらず、すんなり扉は開く。

柚は驚いて耀司の腕を止めた。

「耀司様、いきなり入るのは危険です」

そう言ってエントランスに目をやった柚は、無意識のうちに震えが走って、我ながら戸惑った。寒気がして脂汗《あぶらあせ》が滲んでくる。中に入りたくない。信じられないことに、意識では気にしていないと思っていても、身体はここで起きた出来事をしっかり覚えている。中に入れば恐ろしいことが起きると刻み込まれている。

「開いているってことは入っていいということなんだろう。有生、お前はビルを守ってる奴らをどうにかしろ」

　耀司は柚の制止を無視して、有生にそう告げると躊躇なく中に入っていった。有生は「へーい」と適当な返事をしてビルの周囲を歩き始める。柚はどうしていいか分からず、まごついた。耀司の後を追わねばと思うのに、足が震えて入れない。怖い。井伊と会ってまた過去の出来事をほじくり返されるのが怖い。あんなのただの幻影だと分かっていても、恐ろしくて全身から力が抜けるような気持ちを再現させられるのが死ぬほどつらい。

　青ざめて震えて立っていると、耀司がエレベーターのボタンを押して、じっと待っていた。柚に早く来いというように。

「耀司様……」

　耀司を見つめ返したら、このままではいけないと心に火が点《つ》いた。白鹿を取り戻さなければならないし、あの嫌な奴と耀司を二人きりで対峙《たいじ》させたくないと無性に思った。耀司はもう中に入ってしまったのだ。これで耀司の眷属まで奪われるようなことになれば、死んで詫びる以外方法がない。

　柚は深呼吸して中に踏み込んだ。みっともなく足が震えて嫌だったが、どうにかして心を奮《ふる》い立たせ、耀司の前まで行った。

「心配するな」

　エレベーターに柚を乗せると、耀司が囁いた。耀司の手で背中を撫でられ、柚は力が湧いてくるような感覚を味わった。耀司の持つ力強い空気は柚から震えを取り去る。あの時もそうだった。耀司が最悪な場所から柚を救い出してくれた。

(今度は俺が耀司様を守らなきゃ!)

柚は心に固く誓い、気持ちだけでも負けないようにと目尻を上げた。

エレベーターは九階まで上がり、音を立てて開いた。こんな時間だし、もしかしたら誰もいないかもという期待は破られた。前回と違い、廊下に頰に傷のあるやさぐれた男が座り込んでいた。耀司たちを見て、慌てて立ち上がる。

「弐式家の奴か」

傷のある男はぎらついた目で柚たちを見やった。どこからか男数人の低い陰鬱《いんうつ》な声が漏れてくる。まるで呪文を唱えているように、とぎれることなく流れてくる。

「井伊直純に会いに来た」

耀司は抑揚のない声で伝えた。傷のある男は耀司が近づくと、気圧《けお》されたように腕で顔の辺りをかばった。廊下で殴り合いでも始まったら、耀司の盾《たて》にならなければと身構えたが、傷のある男は不満そうに肩を揺らしながらも顎をしゃくった。

「若から弐式家の奴が来たら案内するよう言われてる……」

傷のある男はそう言って柚がこの前連れて行かれた部屋へ誘った。先ほどからずっと漏れてくる声はこの部屋からする。何かの儀式を行っているのだ。

「若」

ノックの後に傷のある男はドアを開け、声をかけた。開いたドアから見えた光景に柚はショックを受けた。部屋の中央に全身を鎖で縛りつけられた白鹿がいた。身体にまだら模様の黒い染みができている。白鹿は苦しそうに身をよじり、暴れている。

「藤凪!!」

柚は傷のある男を突き飛ばし、中に飛び込んだ。部屋は真っ暗だったが、四隅で太い蠟燭《ろうそく》の炎が燃えていたので、何が起きているかはすぐ分かった。白鹿の周囲には四つの杭《くい》が立てられ、黒い紐《ひも》がかけられていた。白鹿はそこから出られないでいるようだ。そして白鹿の周りを四人の黒《くろ》装束《しょうぞく》の男が囲んでいる。彼らは巻物を手にして、気味の悪い言葉を唱えている。日本語かどうか分からない。少なくとも柚には理解できない。彼らの声が白鹿の身体を縛る鎖であることは間違いなかった。

「おい、勝手に入るな!」

傷のある男はいきなり立ったように柚の肩を摑み、後ろへ投げた。柚は強い力で押されて転びかけたが、背後にいた耀司に抱き留められた。

「やぁ、また来たんですね」

部屋の左奥から出てきたのは井伊だった。面白そうに柚を見やり、後ろにいる耀司に微笑みかける。

「思ったより早く来たので驚きました。そちらは弐式家の長男の耀司さんでしょう。本家は高知じゃなかったでしたっけ？」

井伊はグレーのスーツを身にまとい、優しげともとれる笑みを浮かべている。柚が初めて会った時のように、柔らかい気を放っていて、柚は耀司が騙《だま》されないか心配になった。

「情報は届いていないのかな？　このビルに入ると、あなたの眷属も出られなくなるんですがねえ。私としては願ったり叶ったりですけれど」

井伊は目を細めて耀司を見る。耀司は眉根を寄せて、苦しんでいる白鹿に顔を向けた。

「こうやって眷属を貶《おとし》めているのか……」

耀司は痛ましげに白鹿を見つめた。柚は白鹿の苦しんでいる様子に胸が痛くなり、呪文を唱える男に摑みかかろうとした。けれど男に摑みかかる前に、地面から蛇のようにうねった生き物が出てきて、柚の足をその場に釘付けにする。しかも桐箱の入った風呂敷を落としてしまった。

「クソ……ッ、離せ！」

柚は足にからみつく蛇のような生き物を引き離そうとした。だがそうすると余計に柚の足をぎりぎりと締めつけ、柚はその場に尻もちをついてしまう。

「眷属のいない君など、ここでは赤子同然ですよ」

井伊は床に転がってもがいている柚を見て、ほくそ笑む。

「――眷属を返してもらいたいのだが」

小さなため息を一つこぼし、耀司が井伊に近づいて言った。

「あと三日もすれば完全に妖魔化しますよ。返すわけないでしょう」

井伊が腕組みをして、馬鹿にしたような笑みをこぼす。井伊は耀司がどう出るか様子を見ているようだ。耀司は感情を完全に消し去っていて、柚には怒っているのか悲しんでいるのか、あるいは焦っているのか分からなかった。最悪の場合は耀司の盾になると決めたのに、柚の足は蛇のような生き物に締めつけられている。必死に取り去ろうとするが、びくともしない。

不安になって耀司を見上げると、耀司はおもむろに懐《ふところ》に手を入れた。そして懐から取り出したものを井伊の横にある棚に置く。

「……それはどういう意味です？」

井伊は少し面食らったように目を見開いた。耀司が取り出したのは札束だったのだ。金額までは分からないが、束になっているので百万円くらいはあるに違いない。

「眷属を取り戻すのに、お金を？　そういうことをする方とは思わなかった」

井伊は札束を見やり、落胆したように首を振った。柚もびっくりしていた。まさか耀司が金で解決しようと考えていたなんて――。

「よ、耀司様、俺は……っ」

柚がもやもやしたものを抱えて叫んだ時だ。耀司がくるりと踵を返し、つかつかと窓のほうへ歩き出した。とたんに床のあちこちから顔のないお化けみたいなものが出没した。それらは一斉に耀司に集まっていく。

「耀司様、危ない……っ」

顔のないお化けみたいなものが耀司の足にからみつくのを見て、柚は悲鳴を上げた。けれど――耀司はまるでそれらが見えないかのように平気で踏みつけていった。黒い顔のないお化けが飛びかかるのだが、目に見えないバリアでも張ってあるみたいに弾かれて消滅していく。

「勘違いしないでもらいたい。それは弁償代だ」

耀司は足元の悪霊を無視して窓際に立つと、カーテンを開いた。井伊もそうだろうが、柚も耀司が何をしようとしているのかぜんぜん分からなかった。白鹿を救うためなら、術を唱えている男たちをどうにかするはずだ。けれど耀司は窓を見つめ、やおら拳を叩きつけたのだ。

「うわ……ッ!!」

派手な音を立てて窓ガラスが砕けた。耀司はなおも窓ガラスに拳を叩きつけ、粉々にする。そこから一気に風が吹き込んできた。蠟燭の炎が吹き消され、同時に耀司の身体から白い大きな狼が飛び出したのが視えた。

「な、なんだ……っ!?」

術を唱えていた男たちは次々と転倒していった。狼に身体を跳ね飛ばされたのだが、彼らは何が起きているか分かっていないようだった。

「諍《いさか》いを起こす気はない。眷属を返してもらえれば、それで十分だ」

耀司はそう言って、隣の窓ガラスも破壊した。拳が傷つきはしないかと焦ってよく見ると、耀司はいつの間にか拳にメリケンサックを嵌めていたのだった。どうりでガラスがよく割れるはずだ。柚は呆気に取られて尻もちをついたまま耀司を見上げていた。

「……なるほど、そう来るとは」

井伊は笑っているのか怒っているのかよく分からない複雑な表情で身を折った。神経質そうに髪を撫で、表情を殺す。柚はぞくりとして井伊を振り返った。井伊は不快な気分になる闇の気を漂わせていた。部屋中が一瞬で暗闇に包まれるほどだった。

「眷属を封じ込める術は解かれた。悪いけど、眷属は返してもらうよ」

割れた窓ガラスから風が流れ込み、耀司は天井を見上げてから中央に向かって構わず突き進んだ。杭を一本引っこ抜き、黒い紐を引きちぎり、結界を壊していく。不思議なことに耀司が場を壊すたびに白鹿を縛りつけていた鎖が消えていく。

「な、何をする、貴様《きさま》！　我らの術を！」

耀司のすることを惚けて見ていた四人の男たちが、我に返って耀司に飛びかかってきた。危ない、と思った時には耀司は持っていた杭で男たちの腹や足を殴り、床に転がしている。耀司は特に素早い動きをしていたわけではないのだが、まるで操り人形みたいに男たちが引っくり返っていったのだ。

場が完全に壊れると、白鹿は鎖を解かれて自由になった。けれど身体に染みついた穢れが落ち

たわけではない。白鹿はどうっと倒れ、脚を痙攣《けいれん》させた。

「さすが弐式家の跡取りだけある。眷属と一体化しているようだ」

井伊は苛立ったように呟くと、突然床をどんと踏み鳴らした。とたんに井伊の足先から目にも留まらぬスピードで黒い塊《かたまり》が飛び出てきた。それは無数の蝙蝠《こうもり》のように見えた。耀司目がけて飛びかかり、あっという間に耀司の身体を黒い影で覆ってしまう。

「耀司様！」

柚は青ざめて叫んだ。だが心配は無用だった。耀司を覆い尽くしていた蝙蝠たちは、ぽろぽろと力を失ったように剥《は》がれていき、光の粒となって消えていった。浄化されたのだ。

「何度も言うようだが、井伊家と争う気はない。眷属を返してもらったら、帰るつもりだ」

耀司の身体にまといついていた蝙蝠が完全に消え去ると、何事もなかったように耀司は歩き出し、床に落ちていた桐箱を拾い上げた。風呂敷を取り払い、桐箱の蓋《ふた》を開けて白鹿に近づく。

「どうぞ、この中へ」

耀司が告げると、瀕死《ひんし》の状態だった白鹿が最後の力を振り絞るようにして起き上がり、桐箱に吸い込まれていった。耀司は蓋を閉めると、箱を風呂敷できっちり包む。

井伊は凶悪な目つきになって耀司を見据えた。耀司もそれに気づいて、真っ向から対峙する。

「あれー、もう終わっちゃったのー？」

入り口で呑気《のんき》な声を上げたのは有生だった。拍子抜けして振り返ると、何故か入り口のところで傷のある男が首を押さえてのたうち回っていた。有生の登場で井伊は物騒な気配を、瞬時に引っ込めた。

「ああ。眷属は取り戻した。もう帰るぞ」

耀司は持っていた桐箱を持ち上げ、柚に手を伸ばす。耀司の手を摑むと、それまで柚の足にからみついていた蛇のような生き物が、あっという間に消え去った。どうやったか分からないが、耀司は一瞬で闇の生き物を消す技を持っている。

「あっそ。あー、えーと井伊さん？　ところで涼真君、元気？」

有生は何を思ったか井伊に近づき、にやーっと笑った。井伊は油断なく有生を見返す。

「この前ちょっとやりすぎちゃったかなーって。お詫びにこのビル、浄化しといたから。土地がずいぶん汚れてたし」

有生はポケットから新しいガムを取り出して嚙みながら言う。井伊が目を剝《む》いて歯軋りした。

有生はこの短時間で土地の浄化を行ってしまったらしい。眷属に穢れをつけ、妖魔化するような場所だ。おそらく土地にも闇の力を増幅するような因縁《いんねん》があったに違いない。その土地を浄化されてしまっては、彼らもやりづらくなる。

「有生、行くぞ」

耀司は柚の手を引っ張って言った。有生は井伊をじろじろ眺めて、小さく笑う。

「井伊家ってこえー。子どもの時にそんなことさせるんだ」

有生は井伊から何かを読み取り、思わせぶりな言葉を残して背中を向ける。井伊の顔が強張ったのが分かった。有生の発言が井伊の逆鱗《げきりん》に触れたのは確かで、瞳に憎悪の炎が揺らめく。

柚は言葉もなく、耀司に手を引かれるまま歩くことしかできなかった。まだ井伊は何かするのではないかと不安だったが、凶悪な顔つきながらその場から動こうとはしなかった。

耀司と有生と共にビルを出た瞬間、柚は溜めていた息を吐き出した。

——眷属を取り戻してもらった。無事にビルから出ることができたのだ。

「耀司様、ありがとうございます……」

柚は安堵のため、全身から力が抜けてその場にしゃがみ込んだ。よかった、白鹿を取り戻せて本当によかった。耀司が強くて、助かった。柚が胸を熱くさせていると、耀司が持っていた桐箱を差し出してきた。柚はそれを受け取り、抱き締めた。

「藤風、ごめん……。俺のせいで」

苦しんでいた白鹿の姿が蘇り、柚は何度も謝った。桐箱の中にいる白鹿は返事をしなかったが、苦痛が和らいだように横たわっているのが感じられた。

「あいつも運が悪いよね。耀司兄さん、一週間近く精進潔斎《しょうじんけっさい》してたんでしょ。今、力が漲《みなぎ》ってる時じゃん。っていうかあの窓ガラス、割る必要あった？」

有生は九階の窓ガラスが割れているのを見て、ガムを膨《ふく》らます。

「実は、相当怒ってたんじゃないの？」

有生に指摘され、耀司は無言で柚を引っ張り上げた。

「手っ取り早いからそうしただけだ。結界を解く一番早いやり方は場を壊すことだろ。それより
お前こそ、あんな嫌がらせをして」

駐車場までの道を耀司は有生と言い合いをしながら進んでいく。

「えー。親切でやったんですぅー」

「嘘つけ。また恨みを買ったらどうするんだ。こういうのはキリがないから、穏便《おんびん》に済ませなきゃ駄目だろうが」

「窓ガラス割った人に言われたくありませーん」

柚はくだらない言い合いをしている二人を後ろから眺めていた。柚には入れない会話だ。耀司と対等に渡り合える有生に少しだけ羨望《せんぼう》を感じ、車に乗り込んだ。


眷属をすぐに浄化するため、柚たちは寝ずに本家へ車を走らせた。交代で車を運転し、途中のサービスエリアで食事をとって、ノンストップで走っていく。高知の本家に着いた頃には太陽が高く昇っていたが、心配していた巫女様たちが出迎えてくれて、すぐさま眷属の浄化に取りかかってくれた。

柚たちはさすがに疲労を感じていたので、それぞれ部屋に戻って睡眠をとった。

眷属を奪われてからずっと苦しみに苛《さいな》まれていたので、心から安堵したためか深い眠りに落ちた。

何かの異変を感じ取って目覚めたのは、辺りが薄暗くなった頃だ。

柚は不安を覚えて布団から起き上がり、Ｔシャツとズボンを急いで身につけ、部屋を出た。爆睡していたようで、すでに夜七時を回っていた。

（なんだろう、胸がざわつく）

柚は母屋に行って誰かいないかと声をかけた。使用人たちはいつも通り仕事に励んでいる。耀司や巫女様の姿がないのは、きっとお堂で白鹿の穢れを祓っているのだろう。薫《かおる》に「お夕食になさいますか？」と聞かれ、柚は胸の辺りを押さえた。

「ちょっと気になることがあるから、後でもらうよ」

柚は胸騒ぎを感じて、長い廊下を渡ってお堂に向かった。すると廊下の辺りから、お堂で騒ぎが起きているのが見て取れた。扉が開いているのもあって、中で怒鳴り合いをしているのが聞こえてきたのだ。

「瑞人《みずと》、いい加減にせんか！」

急ぎ足でお堂に入ると、緋袴《ひばかま》の巫女様や和装の耀司、丞一や和典が顔をそろえて瑞人を囲んでいる。巫女様が柚に気づき、面目《めんぼく》なさそうに足袋《たび》を滑らせて近づいてくる。何か起きたのだと柚は直感した。内陣に結界が張られていて、白鹿は四本の脚を折り曲げて座っている。まだ穢れは落とし始めたばかりなのだろう。身体に黒い斑点《はんてん》模様が残っている。

「柚、すまぬ」

巫女様に謝られ、柚は不安になって皆のところに駆け寄った。瑞人は柚を見ると、肩をすくめて舌を出した。

「何があったんですか？」

聞くのが恐ろしかったが、柚は顔を曇らせて尋《たず》ねた。

「瑞人の奴が、やりよったのよ。白鹿の真名を読み取ってしまったのじゃ」

巫女様が苦渋の表情で告げた。恐れていたことが起きて、柚は言葉を失った。瑞人は眷属の真名を読み取ることができる。とはいえ、力のある眷属を読み取る力はない。ふだんならば、白鹿の真名を読み取ることなどできなかった。けれど今白鹿は弱っていて、瑞人を防御できなかった。

——真名を奪われた眷属は、対象者の命令に背くことができなくなる。

「ごっめーん。だってチャンスだったんだもーん。白鹿なら力あるしぃ。龍神のこと我慢したんだから許ぴて」

瑞人は罪悪感のかけらもない様子で笑っている。

「お前……っ!!」

カッときて柚が瑞人の胸ぐらを摑もうとすると、耀司に羽交《はが》い絞《じ》めにされた。

「やーん。こわーい」

瑞人はわざとらしく怯えた素振りで、巫女様の背中に回る。巫女様は拳で瑞人の脳天を叩く。痛い痛いと瑞人が頭を押さえる。

「弱ってる時にするなんて卑怯《ひきょう》だろ！　俺になんの断りもなく！」

頭に血が上って柚が怒鳴りつけると、瑞人が不満そうに鼻を鳴らした。

「別にちょっとくらい、いいじゃん。時々貸してくれるだけでいいからさぁ。そもそも眷属奪われた柚にぃが悪いんでしょ。僕ばっかり責めないでぇ」

瑞人に痛いところを突かれて、柚はうぐっと言葉を吞み込んだ。瑞人は龍神の真名を知りたがっていた。同じように弱っている白鹿の真名を読みたがることなど、簡単に推測できたはずだ。注意しておかなかった自分にも責任がある。白鹿を取り戻したことで安堵して、気が弛んでいた。

「瑞人、眷属との関り方について、一度ちゃんと教え込まないと駄目なようだな。眷属はあくまで我らに協力してくれている立場なんだ。お前のように命令して言うことをきかせるものじゃない」

柚から離れると、耀司が瑞人に怖い顔を向ける。瑞人は首を引っ込め、両耳を手でふさいだ。

「耀司兄さん、狼けしかけるのやめてよー。マジ怖いって、僕の足咬みそう」

瑞人は震えながら右往左往《うおうさおう》する。柚には視えないが、狼が瑞人を追いかけ回しているらしい。

『——私は、身体が動けるようになったら社《やしろ》に戻る』

それまで黙っていた白鹿が厳《おごそ》かな声で告げた。柚たちは驚いて白鹿を振り返った。白鹿の真っ黒な瞳が柚を見つめている。そこにはなんの感情もなかった。怒りも悲しみも寂しさもない。

『伊勢谷柚との契約はこれによって打ち切らせてもらう。無論、弐式瑞人と契約を交わすことはない。私は真名を捨て、神様のもとに戻り修行し直す。弐式瑞人の命令は聞きたくない』

柚は思わず白鹿に駆け寄った。ショックで目尻から涙がこぼれ出た。白鹿をこんな目に遭わせて、契約の解除ということも覚悟していた。けれど心のどこかで、二年以上一緒にいたのだし、白鹿は許してくれるのではないかという甘えがあった。

眷属を失えば、討魔師ではなくなる。

「そんな、藤風！　頼む、考え直してくれ!!　俺が悪かった、あんなことになるなんて考えが足りなかった！　藤風がいなくなったら、俺は……っ」

柚は床に手をついて、泣きながら謝った。白鹿は真名を捨てると言い切った。神様からもらった真名を捨てるということは相当のことだ。瑞人が真名を盗んだせいか。自分とそれほどまでにして契約を打ち切りたいのか。

『今回の件だけで言っているわけではない。柚、お前は二年の間、何も変わらなかった。お前の波動は私と合わない。お前が変わってくれると期待して契約をしたが、それは難しいようだ』

白鹿は澄んだ瞳で柚に言い含めた。どうにかして白鹿の気持ちを変えられないかと、柚はすがるように手を差し伸べた。

「そんな……、俺は……」

耀司だけでなく眷属にまで同じようなことを言われるなんて。皆が自分に変われと言っている。柚は今の自分に納得しているのに、周囲はそれに納得していない。

『私は疲れた。私ではお前の力を引き出せない』

そう言うなり白鹿は顔を背けて眠ってしまった。それきり何度呼びかけても白鹿は返事をしなかった。終わりなのだ。白鹿はもう自分の中に戻ることはない。

「柚……」

耀司が囁くような声で柚の肩に手を置く。柚はうなだれて、拳を握った。眷属に見捨てられ、これ以上ないくらい惨《みじ》めな気持ちでいっぱいだった。

「ちぇー。せっかく力のある眷属の真名を読めたのにぃ」

瑞人が場の空気を読まずにぼやいている。それに怒りを覚えたが、それ以上に虚《むな》しさを感じて柚は涙を拭った。

「眷属の言い分は通すしかあるまい。柚、規則に従い、これをもってお主から討魔師の資格をはく奪する」

湿った空気を断ち切るように丞一が力強い声で言い切った。耀司の顔が青ざめ、柚はびくりと身体を震わせた。当主である丞一の言葉は絶対で、これに逆らうことはできない。絶望的な気分になって、柚は床の一点をじっと見つめた。

「いい機会だ。お前も成人したのだから、独り立ちしなさい。ここを出て、もう一度己を見つめ直すがいい」

丞一は威厳のある声で柚に言い渡した。討魔師ではなくなった自分はここを去らなければならない。本来ならもっと早くにするべきだったことだ。遠い親戚というだけで今まで柚はここで育ててもらってきた。大人になった今、これ以上世話になることはできない。

「父さん、それは……」

耀司が反論するように言いかけたが、柚はそれを手で制した。

「……分かり……ました。申し訳ありません」

丞一が冷酷さから自分を追い出すわけじゃないことは柚には痛いほど分かっていた。丞一は小さい時分から目をかけてくれていた。それもこれもすべて討魔師としての素質があったからだ。それを失くした今、柚は出て行くしかない。

「柚……」

和典が心配そうに柚に声をかけてきた。柚は黙って頭を下げると、逃げるようにお堂を出た。

(討魔師を辞めさせせられるなんて……、もう耀司様と一緒にいられない……!!)

皆の傍から離れたくて、柚は裏庭に飛び出して走り出した。誰もいない場所を求めて、山に向かっていく。頭がガンガンして、目の前が暗くなって、最悪の気分だった。急に高い場所から宙に放り投げられたようだ。これからどうやって生きていけばいいか分からないし、いっそ死んでしまいたいとさえ思った。

（俺はもう終わりだ）

すべて失ったような、深い喪失感に苛まれた。信頼する人たちからそっぽを向かれたような気分になっていた。耀司と離れて暮らさなければならないということが、これほどショックだとは思いもしなかった。不安で、恐ろしくて、取り返しのつかない罪を犯したようだ。

走っているうちに木の根に躓《つまず》き、柚は地面に引っくり返った。膝をしたたか打ち、その場にしゃがみ込む。

擦りむいた膝から血が出ていて、柚はぽろぽろと涙をこぼした。たいした痛みではないのに、涙がとめどなく頬を伝った。どうして井伊家のことを探ろうなどと思ってしまったのだろう。どうしてあのビルに入ってしまったのだろう。どうして瑞人のことを止めなかったのだろう。尽きぬ後悔が押し寄せてきて、腹立ちまぎれに地面を拳で叩いた。

刻々と時間が過ぎていったが、柚は膝を抱えてその場から動かなかった。

こうしていればそのうち耀司が捜しに来てくれるかもしれないと甘い期待を抱いた。小さい頃、何か嫌なことが起こるたび、柚は山に逃げ込んだ。いつも見つけてくれたのは耀司だ。耀司が手を引いて屋敷に戻してくれたから、柚は素直に帰ることができたのだ。

けれど、今日は、耀司は迎えに来てくれなかった。

日が傾き、気温が低くなり、辺りが薄闇に包まれても、耀司は現れなかった。柚は月が空にくっきりと現れた頃、やっと気づいた。

耀司はもう迎えに来ない。

（そうか……そうだよな）

柚は唐突に悟った。独立するということは、こういうことだ。一人で考え、一人で行動しなければならない。耀司をあてにすることは今後できないということだ。そう思ったとたん、自分が眷属のことをほとんど考えていなかったことに気づいた。

（俺……藤風のことより耀司様のことばかり……）

柚が受けた絶望感は、すべて耀司に起因することばかりなのだ。柚は白鹿の真っ黒い大きな瞳を思い返し、無性に恥ずかしさを覚えた。二年の間一緒にいた白鹿に対して薄情だと思ったくせに、当の自分は耀司のことばかり考えている。

「これじゃ……契約切られて当たり前だ……」

柚は馬鹿馬鹿しくなってつい失笑した。笑っているうちに涙が滲み出て、胸が締めつけられるようになった。白鹿に申し訳なくて、己が情けなくて、このままどこかに消え去りたい。

自分は今まで何をしていたのだろう――。

柚は膝を抱えて涙に暮れるばかりだった。

■8　最後の賭け

本家を出て行くとなってからは慌ただしかった。住む場所を決めなければならなくなって、柚は考えた末に群馬に戻ることにした。群馬にはまだ柚が母親と住んでいた家が残っていたからだ。もちろん今は廃屋と化しているので、しばらく近くのアパートを借りて生活するつもりだ。土地自体は柚に相続されている。建て直すかどうかは分からないが、もう一度あの場所に戻ろうと決めた。

柚が当座住むアパートの手続きは中川が手伝ってくれた。二年の間、討魔師として働いていたので金銭的に余裕はある。生活が落ち着いたら新しい仕事を始めるなりするつもりだ。保証人が必要ならいつでも頼っていいと丞一にも言われたので、何かあったら甘えようと思っている。

「柚！　話、聞いたぞ。お前、大丈夫なのか!?」

出て行くために荷造りをしていると、慶次がドアをノックしてきた。子どもの頃から討魔師を目指していて、やっと討魔師になれた慶次にとって、討魔師の資格をはく奪されることは、この世の終わりに近いらしい。目が潤んでいるし、わなわな震えている。

「心配かけてごめん。大丈夫。俺が悪いから」

慶次を部屋に上げて、柚は苦笑して座布団を取り出した。慶次は座布団の上にちょこんと座り、うるうるした目をして柚の手を握る。

「もしかして俺のせいなんじゃないか？　俺が井伊家の話なんかしちゃったから……」

慶次は事情を知り、自責の念に苛まれていたようだ。今にも土下座しそうだったので、柚は慶次の肩を優しく撫でた。

「いや、俺が駄目な討魔師だったから眷属が離れていったんだよ。考えてみれば眷属は前から俺に注意してたんだよな。それを無視した罰だよ。俺、多分……本当は討魔師になりたかったわけじゃないのかもって思えてきて」

柚は慶次の隣に腰を下ろすと、大きなため息をこぼした。

「え、どういうことだよ？」

慶次が不可解そうな表情になる。こうなってみて、自分と慶次はぜんぜん違うと分かった。柚の原点はすべて耀司になっている。耀司に好かれたくて、耀司のためになりたくて、耀司の傍にいたくて。

「俺……耀司様の近くにいたかったから討魔師になっただけだったなって、気づいちゃったんだよな」

柚はしみじみと呟いた。

討魔師を辞めるとなって、最初は悲しかったし落ち込んだし、絶望感を覚えた。けれど柚がその間も考えていたことは耀司のことばかりだ。耀司と離れて暮らすなんて耐えられない、耀司に愛想を尽かされるかもしれない、耀司は自分のことをどう思っただろう……。

（俺、藤風のことあんまり考えてない）

それに気づいた時、今まで耀司や白鹿からさんざん言われてきた言葉がやっと呑み込めた。自分の中心が自分になっていなかった。耀司と会った瞬間から耀司が中心になっていて、自分について考えることもなかった。耀司に従い、耀司のためになることをしていれば、それでいいのだと思い込んでいたからだ。

耀司がずっと自分に言おうとしていたことの意味も、今頃分かってきた。本当に自分は犬以下だったということだ。

「一人になって、ちゃんと考えてみようかと思って。俺、耀司様に依存してたから。眷属が離れていくことで、やっと気づいたんだ」

柚は段ボールに書籍を詰め込みながら呟いた。本は耀司からもらった本ばかりだ。自分が好きで買った本など一冊もない。

「柚……。なんて偉いんだ！」

慶次は涙目になって柚の背中に抱きついてきた。慶次は感動やなので、こんな話でも心を動かされるらしい。

「でも、柚、不安だよな。これから一人なんだろ？　なんで群馬なんだよ？　俺ん家の近く来れば面倒見るのに」

「いや、和歌山なんて行ったこともないから……」

慶次の申し出はありがたいが、慶次の話を聞く限り慶次の家があるのは仕事先が簡単に見つかるとは思えない過疎地域だ。

「耀司さんと離れるの寂しいよな。何か情報あったら俺が教えるからな！」

慶次は胸を叩いて言い切る。

「ありがとう。ついでに一つ頼みがあるんだ」

柚はふと思いついて慶次の肩を抱いた。

「何？　なんでも言ってくれ」

慶次が目を輝かせて言う。柚はポーチから小さな紙袋を取り出して慶次に手渡した。慶次が首をかしげて中を開く。中から出てきたのは白い錠剤だ。

「これを今夜耀司様の飲み物に入れてくれないか？」

真顔で柚が言うと、慶次の目が点になる。

「は？　え、あの、これって……」

慶次のこめかみから冷や汗がどっと流れ出す。柚はかすかに舌打ちした。慶次はどうやら肝《きも》が小さいようだ。

「ちょっと眠くなる薬だ。害はない」

「いやいやいや！　こ、こんなの耀司さんの飲み物に入れてどうする気だよ!?　っていうか、今舌打ちしなかった？」

慶次が飛び上がって悲鳴を上げる。

「夜這いしようと思って。最後に一度くらい、いい思いさせてもらわなきゃ、ここを出て行けない」

柚が声を潜めて告げると、慶次が真っ赤になったり真っ青になったりして、スクワットを始める。慶次はパニックになると心を落ち着かせるために運動に励む癖があるのだ。

「だだだ、駄目だろ!!　そ、それって要するに」

「レイプだ」

柚がさらりと返すと、慶次が口を押さえてぶんぶん首を振ってきた。

「馬鹿！　そんなことしたら駄目だ！　じ、事件だ！　犯罪だ！　そんなことしちゃ眷属が黙って……っ」

言いかけた慶次がハッとして、うなだれる。

「そうだ、俺にはもうそういうことを止める眷属がいないんだ。だから最後くらい好き勝手にさせてもらおうと思って。頼まれてくれないか、慶次」

柚がじりじりと迫って言うと、気圧されたように慶次が壁際に追い詰められる。

「お前と有生、そういう関係なんだろ？」

柚は壁に張りついている慶次に目を細めて聞いた。とたんに慶次は耳まで赤くなり、目を逸《そ》らした。

「お、俺とあいつは決してそのような不毛《ふもう》な関係では……」

「お前がやりたくないなら、有生に頼んでくれないか。自分でやろうとすると、常に邪魔が入るんだ。耀司様の眷属のしわざかもしれない。ともかく今晩決行する。さっき、なんでも言えっていっただろ。頼んだぞ」

睡眠導入剤の入った紙袋を握らせ、柚は真剣に頼み込んだ。もとより慶次には期待していない。慶次から有生に話がいくことを期待していた。有生ならこういうことは喜んでやってくれるだろうから。今日慶次が来てくれてよかった。自分から有生に持ちかけるのは難しそうだと思っていたのだ。

討魔師を辞めることで落ち込んだし絶望もしたが、今は別の野望に燃えている。

最後に耀司とセックスしたい。耀司に抱かれたらきっと幸せだろうと今までは考えていたが、薬で眠らされる耀司が勃起するかどうか分からないので、耀司を犯すほうにシフトすることに決めた。耀司に気づかれたらひどい叱責を受けるだろうが、どうせ眷属はいないし、出て行くとなった自分に怖いものなどない。

「俺の長年に亘《わた》る思いを遂《と》げさせてくれ。頼む、慶次」

柚はすがるように慶次の手を握り、至近距離で訴えた。慶次はパクパク口を開けておののいている。人のいい慶次が断れないのは織り込み済みだ。その首が力なく縦に振られるのを待つばかりだった。

その日の夕食を終えた後、部屋で残りの荷造りをしていると、窓ガラスに小石が当たる音がした。慶次が知らせに来てくれたのだろうか。柚がカーテンを開けて外を見ると、暗闇の中、有生がニヤニヤして立っていた。

「準備オッケーだよ。俺としてはぜひ兄さんを組み敷いてほしいなぁ」

有生は笑いがこらえ切れないというように肩を揺らし、去っていく。

思った通り慶次は犯罪に手を染めたくなくて有生に打ち明けたようだ。有生ならやってくれると思っていたので、万事予定通りだ。柚は有生の背中に「ありがとう」と呟いた。今の自分にはもう有生に憑いている狐の姿は視えない。白鹿に契約を打ち切られてから一週間くらいは眷属の姿が視えていたのだが、徐々に何も視えなくなってきた。神霊の姿が視えていたのは、眷属と契約をしていたからだと思い知らされる。

柚は段ボールにガムテープで封をして、壁際に積み上げた。そんなに荷物はないと思っていたが、結構たくさんの箱を使うことになった。引っ越しはもう明後日だ。このペースでいけば十分間に合うだろう。

柚は机の引き出しを開けて、中に入っていたものを取り出した。引っ越し先の物件を見て回った際に買ってきたローションとローターを握り締める。

(耀司様、申し訳ないけど、ヤらせてもらいます!)

決意も新たに、柚は離れの浴室に走った。共同の浴室で全身を清め、爪の手入れも怠《おこた》らない。さすがに耀司も男から犯されたことはないだろうから、極力傷つけないように気をつけねばならない。ローションやローターを売っていた店でアダルトビデオも買い込み、シミュレーションはばっちりだ。

柚は風呂から上がると浴衣《ゆかた》に着替え、人目につかないようにして離れを出た。できれば誰にも会わずに行きたい。渡り廊下の板張りの床が鳴らないよう忍び足で歩き、母屋の建物の奥にある階段を使った。

耀司の部屋は二階の奥にある。一階と違い、二階には洋室が多く、耀司もフローリングの広々とした部屋を持っている。二階にはかつて有生が使っていた部屋や瑞人の部屋もある。問題は瑞人だ。瑞人とは特に顔を合わせたくない。

階段から廊下を覗き込むようにして、柚は人の気配を探った。瑞人の姿はない。忍び足で廊下を進み、耀司の部屋のドアをそっと開けた。部屋は真っ暗で、ベッドが盛り上がっているのが分かる。

柚は後ろ手でドアを閉めると、鍵をかけた。もっとドキドキして緊張で手に汗を掻くと思っていたのに、どういうわけか落ち着いているし変な自信があった。

柚はベッドに近づいて、眠っている耀司を見下ろした。有生のおかげで耀司はすやすやと寝息を立てている。柚は整った顔に興奮して、持ってきたローションとローターをサイドテーブルに置き、上掛け布団をまくった。耀司は浴衣姿で寝ていて、はだけた胸元がセクシーだ。

「耀司様、俺の愛を受け止めて下さい」

柚は大胆にも耀司に跨り、両頬を包み込んで唇を奪おうとした。すると、唇が触れる瞬間、耀司の手が柚の唇をふさぐ。

「……寝込みを襲うのはやめろと言っただろ」

不機嫌そうな声で耀司が呟き、勢いよく上半身を起こす。耀司に乗っかっていた柚は逆に引っくり返された。

「耀司様、寝てなかったんですか」

内心そうだろうと思っていたので、柚は焦ることもなく尋ねた。

有生に頼んだとはいえ、耀司に降りかかる災《わざわ》いを耀司の眷属である狼が見逃すわけがない。だから、こうして柚が部屋に忍び込めたということは、耀司がそれを了承したということに他ならない。

「有生の奴にお前から睡眠薬を渡されたから飲むようにと言われたぞ。なんであいつを使うんだ。これから先、どれだけからかわれると思ってる」

耀司の手が柚の頬にかかり、乱れた前髪を掻き上げる。

「背に腹は代えられません」

柚がじっと見つめると、耀司が伏せた眼差しで見下ろしてくる。

「……お前のことをずっと可愛いと思っていたよ」

耀司が潜めた声で言った。柚は目を見開いて、頬を撫でる耀司の手に自分の手を重ねた。

「けれどそう思う一方で、それはお前が俺に従順だからじゃないか、と自問していた。俺にだけ懐いているお前に対して、優越感みたいなものを感じていたんじゃないかって。だから俺はお前に対等の立場になってほしかった。……だがお前に、どうして俺を変えたがるんですかと言われて、ハッとした」

耀司の指が柚の唇をなぞる。

「他人を変えたいと思うのは傲慢《ごうまん》なことだ。あくまで変わるのは自分でなければ。……最初から選択は二つしかなかった。お前を受け入れるか、受け入れないか」

耀司の指先が口の中に潜《もぐ》り込んできて、柚はそれに舌をからめた。耀司の瞳に衝動的な炎が燃え上がる。柚は腰が熱くなった。

「抱いて、いいか？」

耀司はそう言うと、柚の唇に深くかぶりついてきた。柚は全身に血が行き渡ったように身体中を熱くした。耀司の背中に手を回し、耀司の唇を吸うようにする。唇を重ねながら互いの身体をからみ合わせる。

「耀司様、大好きです。愛してます」

柚は息を荒らげ、耀司に抱きついた。耀司の大きな手が浴衣の襟元から入り、肌を露《あらわ》にする。耀司は柚の首筋に痕をつけるようにして、唇を移動させた。柚はたまらずに耀司の腰に手を伸ばした。

「柚……性急すぎる」

耀司の浴衣を割り、下着の上から性器を握ると、耀司が咎めるように呟いた。構わずに耀司の性器を揉み、その大きさと質量に頬を紅潮させた。

「ここ、あまり見せてくれなかったじゃないですか。ずっと見たくて」

柚は荒く息を吐いて耀司の下着をずり下ろすようにした。耀司のことならなんでも知りたいと思っている柚だが、こういう部分は耀司のガードが固くて情報がない。こんなチャンスはめったにないと柚は耀司をベッドに座らせて、取り出した性器を間近で凝視した。

「素晴らしいです、耀司様。すごく立派で、俺……」

まだ萎《な》えているのに大きさも長さも申し分ない。柚は我慢できずに耀司の性器を口に含んだ。

「柚、こら……」

耀司は呆れたように柚の髪を掴んできたが、性器を舌や口の中で味わいたくて、無理やり愛撫した。口内でどんどん大きくなってくる性器が愛おしくて、興奮は増す一方だ。

「ん……」

耀司が気持ちよさそうに吐息をこぼす。その表情が色っぽくて、柚は腰が熱くなった。

「はぁ、耀司様。美味《おい》しいです、最高……」

柚は耀司の硬くなった性器に舌を這わせ、うっとりと囁いた。耀司はわずかに紅潮した頬で柚の胸に手を伸ばした。

「俺のをしゃぶってるだけで、そんなになるのか」

耀司が浅い呼吸を繰り返して言う。耀司の手が柚の乳首を摘《つま》み上げ、戯《たわむ》れるように引っ張る。言われて初めて気づいたのだが、柚の性器は下着の上から分かるくらい反り返っていて、しとどに濡れていた。

「俺、舐めてるだけでイきそうです」

柚ははぁはぁと息を荒らげながら、耀司の性器に頬をくっつけた。どくどくと息づくそれが柚の身体の芯を熱くする。

「お前は俺を好きすぎるんだよ……」

耀司が何かに耐えるように顔を歪めて言った。耀司の性器の先端を吸うと、かすかに呻《うめ》くような声が返ってきた。耀司は柚の腰を引き寄せ、体勢を変えろと言ってくる。

「……お前、まさかこれを俺に使う気だったのか？」

耀司がサイドテーブルに置かれたローションとローターを見て、顔を引き攣らせている。

「あ、はい。耀司様、初めてだろうし、まずはローターで馴《な》らそうかと……」

真顔で答えると、長いため息の音が頭の上で聞こえた。

「お前、俺を犯したいのか？」

耀司に聞かれ、柚は性器を握り締めて考え込んだ。

「どっちでもいいです。耀司様とヤれるなら」

「そう言ってくれると助かる……。尻をこっちに向けろ」

耀司はホッとした様子で柚の身体の向きを変えた。柚は耀司の頭に尻を向ける形で跨り、言われるままに下着を脱いだ。

「びしょびしょじゃないか……」

耀司の手が柚の股間を這う。下着も濡れていたが、カウパーが尻の辺りまで伝っていて、まるでお漏らししたようだった。耀司は柚の尻のはざまにさらにローションを垂らすと、揉むように尻の穴を撫でていく。

「ん……っ」

耀司の指が穴の中に潜り込んできて、柚は違和感を覚えて呻いた。耀司の指は探るように奥へ入ってくる。耀司の性器を吸いながら、こんなことなら風呂場で尻の穴を拡張してくればよかったと後悔した。

「痛くないか?」

耀司は柚の反応を見ながら指で内壁を辿る。柚は平気だと言って耀司の性器の張った部分に舌を這わせた。少しずつ耀司の性器からカウパーが出てきて、嬉しくて舐め回す。

「ん、う……っ」

耀司の指が内壁の一点をかすめた瞬間、ついくぐもった声が漏れた。

「ここか?」

耀司が確かめるように指でその辺りを責めてくる。じわじわと熱が広がっていく感じがして、柚は甘く呻いた。耀司は空いている手で柚の性器を握り、ゆっくり動かす。内部と性器を刺激されて、柚は鼻にかかった声で喘いだ。

「そ、こ……。気持ちいい……、あっ、あっ」

柚が甘い声をこぼすと、耀司は性器を扱《しご》く手を止めて、内部を広げる動きに専念した。先走りの汁を垂らしている柚の性器は今にも達しそうだったからだろう。

「ん……っ、あ、あ……っ」

柚は浅い息を吐き、耀司の性器を吸い上げた。耀司はローションを足すと、柚の内部をぐちゅぐちゅと掻き回した。内部の熱は電気のような快感をもたらした。耀司の指でぷくりと盛り上がった内壁を押されて腰がびくりとする。

「すごい、あ……っ、ん、あ……っ」

耀司の指で内壁を弄《いじ》られていると思うだけで、鼻にかかった声がこぼれる。そうすると手の中の耀司の性器がいっそう大きくなるのがまた柚の快感を引き出した。

「指を増やすぞ」

そう言って耀司が二本目の指を中に入れてくる。指を二本入れられると少し圧迫感を覚えたが、内部の感じる場所を探られてそれも気にならなくなってきた。柚は頭がくらくらしてきて、耀司の性器を口に含み、激しく頭を上下させた。

「柚、口を離せ」

口の中で耀司の性器が暴発しそうなのが分かり、柚は口をすぼめて耀司の熱を吸い上げるようにした。耀司が柚の性器にからめていた手を再び動かし始める。そうすると耀司の性器を煽《あお》っているのに、自分のほうが気持ちよくなってきて、柚は頭の中が白くなった。

「う……っ、耀司様、イく、んぅ……っ」

耀司が内部の指の律動を速めると、急速に全身に熱が行き渡り、柚は思わず腰を震わせた。気づいたら耀司の手の中で射精していた。全速力で駆けたみたいに呼吸が荒くなり、お尻に銜《くわ》え込んだ耀司の指をぎゅーっと締めつける。耀司の手が残滓《ざんし》を搾《しぼ》り取るように動くと、ひくひくと震えながら快楽に呻いた。

「耀司様も……、……っ」

柚が荒い息遣いで耀司の性器の先端を吸うと、耀司は嫌がるように腰をずり動かした。耀司は口に出したくないらしいが、柚は耀司の精液を飲みたい。

「……っ、柚、出る、から」

耀司の声が乱れるのが心地いい。柚は強引に耀司の性器を口で扱き上げた。耀司の息遣いが激しくなり、低い呻き声を上げて柚の口内にどろりとした生温かい液体を吐き出した。

「馬鹿……、なんで飲むんだ、そんなもの……」

耀司は厭うように呟き、柚の腕を引っ張った。柚はそれを撥《は》ね退け、耀司の性器に舌を這わせた。耀司の残滓を舐め取り、綺麗に掃除する。

「美味しい……です」

柚はうっとりと耀司の性器に頬をくっつけて囁いた。精液は初めて飲んだが、どんな美酒よりも極上の味に感じられた。口内に起こる刺激すら愛おしい。

「柚、もういいから」

しつこく耀司の性器に舌をからめていると、強引に腰を引き寄せられ、体勢を入れ替えられた。一日中だって舐めていたかったのに残念だ。

「俺だってお前を触りたい」

耀司はそう言って柚をベッドに寝かせると、覆いかぶさってあちこちに口づけてきた。鎖骨から下がってきた舌が乳首を含み、転がすようにされる。耀司が自分の乳首を吸っている光景は、柚にとってぞくぞくするものだった。

「耀司様……、はぁ……、あ……っ」

乳首を舐められながら、大きな手で脇腹や足のつけ根を揉まれていく。耀司の指は繊細な動きで柚の身体を辿っていく。耀司の唇が乳首から離れると、尖った乳首が唾液で濡れて光っていて息が荒くなった。

「柔らかくなってきた……」

耀司は柚の尻のはざまに指を差し込み、出し入れを繰り返す。三本目の指が入ってきて、内壁を広げるようにされると、また性器が反り返ってきて、柚はシーツを乱した。

「耀司様、入れて……、早く、下さい。耀司様の……」

待ち切れなくて柚は腰をくねらせた。耀司はまだ馴らすつもりだったようだが、身体が欲して我慢できない。柚は耀司の性器を扱いて再び大きくすると、自分の尻に導くようにした。

「分かった、分かったから……」

耀司が呆れ声で言って、柚の尻から指を引き抜いた。柚は自分で膝の裏を押さえ、恥ずかしげもなく足を開いた。

「生で欲しいです」

耀司がコンドームに手を伸ばしたので、柚はすかさず言った。耀司は躊躇するように動きを止めた。

「耀司様、お願いします」

ウルウルした目でおねだりすると、耀司が観念したようにコンドームを離した。

「入れるぞ……」

耀司が性器を柚の尻のすぼまりに宛がう。先端がつぷりと入ってきて、柚は胸を喘がせた。耀司はゆっくりと慎重に性器を押し進めてきた。硬くて熱いモノで穴を広げられ、柚は鼓動を高鳴らせて浅い息を吐いた。

「あ……っ、は……っ、はぁ、はぁ……っ」

大きなもので内部をいっぱいにされる感覚は、柚に充足感を与えた。引き攣れるような痛みも圧迫感も、与えられる苦しみがすべて快感に変わる。耀司の性器がぐっと内部を突き上げると、柚は甲高い声を上げて仰け反った。

「ひ……っ、は……っ、はぁ……っ、あ……っ」

目がチカチカして、内部に銜え込んだ耀司の性器を思わず締め上げた。興奮して全身が弛んで、穴という穴から何かが噴き出しそうだった。実際、気づいた時には腹が精液で汚れていた。どうやら耀司に入れられて、二度目の射精に至ったらしい。耀司と繋がっていると思うだけで頭がショートしそうなほど感度が高ぶっていた。

「大丈夫か……？　入れただけでイくなんて……、すごいな」

耀司が感嘆の声を上げて柚の濡れた腹を指でなぞった。そんな刺激にすら腰をひくつかせて、柚は耀司の腰に足をからめた。

「気持ちよくて……っ、死んじゃいそうです……」

はぁはぁと喘ぎながら柚はだらしない顔で喘いだ。内部で耀司の熱が蠢《うごめ》くのを感じる。耀司の鼓動が分かるし、耀司の吐息や匂いも強く感じる。幸せで、このまま死んでもいいとさえ思った。

「耀司様……」

柚が手を伸ばすと、耀司が繋がった状態で柚を抱き締めて口づける。耀司の唇を食《は》むようにして柚は汗ばんだ身体をくっつけた。耀司の舌と自分の舌がからみ合うと、電流が走る。このままどろどろに溶け合いたいと願った。

「動いて平気か？」

耀司は柚の耳朶《じだ》を甘く噛み、囁いた。柚が頷くと、優しい動きで腰を律動させる。耀司の性器が内部を揺さぶるたび、柚は忘我《ぼうが》の状態で喘ぐばかりだった。

「気持ちいー……、幸せです、俺……」

柚は蕩《とろ》けるような顔で耀司に言った。耀司が小さく笑い、少しずつ動きを深くしていく。

「お前はいつも俺が言おうとした言葉を先に言ってしまうな……」

耀司は上半身を起こして濡れた唇を舐めた。柚の腰を抱えるようにして、突き上げてくる。柚は奥を刺激されて、甲高《かんだか》い声を上げた。

「柚、声が大きい、抑えてくれ」

誰かに聞かれるかもという心配をすっかり忘れていて、柚は慌てて口を手で押さえた。必死になって口をふさぐが、耀司の性器が奥を突き上げてくるたび、嬌声《きょうせい》が漏れる。

「ひ……っ、あ……っ、は……っ、はぁ……っ、はぁ……っ」

耀司に奥を揺さぶられ、柚は激しく呼吸を繰り返した。耀司は柚の感じる姿を見下ろしながら、強弱をつけて内壁を穿《うが》ってくる。気持ちよくて涙が滲み出て、身体中が弛緩《しかん》した。

「耀司様、お願い……中に出して」

ひくひくと腰を震わせ、柚は請うように口走った。耀司は厭うように顔を顰めたが、柚が足でぎゅっと耀司の腰を締めつけると、仕方ないというように荒い息を吐き出した。

「いいのか？　本当に……」

いいどころか、ぜひそうしてほしい。柚は耀司の性器をぎゅっと締めつけて射精を促した。耀司が何かを我慢するように溜めた息を吐き出す。

「お前の愛情が怖くなる時があるよ……」

耀司は低い声で呟き、腰を突き上げてきた。奥へ奥へというように性器が深い場所を擦ってくる。柚は獣のような息を吐き、耀司の首に手を伸ばした。耀司の顔を引き寄せ、強引にキスをねだる。

「ん、く……っ」

耀司の唇が深く重なり、内部の性器が膨れ上がるのが分かった。耀司の熱が内部に吐き出され、じわっと液体が広がっていく。

「……っ!!」

柚はくぐもった声を上げ、四肢を引き攣らせた。耀司が中で出したと思うだけで感度が一気に高まり、強烈な快楽に襲われた。耀司の性器を締めつけ、激しく仰け反って断続的に起こる快楽に耐える。

「ひ……っ、は……っ」

今まで感じたことのない快感だった。全身から力が抜け、一瞬失神するのではとさえ思った。耀司と抱き合って、耀司の精液を注いでもらい、深い恍惚《こうこつ》感に浸る。射精したと思ったのに、精液は出ていなかった。それなのに、信じられないくらい長く絶頂感を味わっている。

「はぁ……、はぁ……、柚、まだイってるのか……?」

全身を痙攣させる柚の濡れた頬を撫でて、耀司が荒い息遣いで聞く。耀司に唇をふさがれていなかったら、きっと屋敷中に響くような声で叫んでいただろう。それくらいすごい快感だった。

大好きで、命を捧げてもいい相手とセックスすると、こんなに気持ちいいのか。

「お前とは小さい頃から一緒だったから、こういう行為が初めてだって知ってるけど……」

耀司は息が整うと、腰をずるりと引き抜いて汗を拭った。内部から耀司が出て行くのが寂しくて、柚は未練がましく耀司を見つめた。

「初めてでこんなに感じるのか。俺はお前が怖いよ」

耀司がしみじみとした口調で呟く。怖いとはどういう意味だろう。耀司の性器と共に精液も垂れてしまう。もったいなくて尻の穴を押さえると、耀司が複雑な表情になった。

「手をどけろ。綺麗にするから」

枕元のティッシュを取って、耀司が言う。柚は熱い身体をずりずりと耀司から遠ざけた。

「嫌です。耀司様の精液、残しておきたいんで」

柚が拒むと、耀司の表情が固まり、強引に汚れを拭おうとする。しばらくの間揉み合いとなり、柚は耀司の手を摑んで、上に乗っかった。乱れた浴衣はすっかりぐしゃぐしゃになっている。

「耀司様、俺、一人になって自分を見つめ直してみます」

柚が顔を引き締めて告げると、耀司の動きが止まった。本家を出る前に言っておこうと思った言葉を、耀司に贈った。

「そして、もう一度討魔師の試験、受けてみます」

柚の決意に耀司の目が見開かれる。耀司の唇が弛むのを見て、柚は胸が熱くなった。耀司はきっと待っていてくれる。討魔師の試験は三度まで受けられる。柚は一度しか受けていないから、再試験が可能なのだ。柚と契約してくれるという眷属が現れるかどうかは分からないが、挑戦することに意義がある。

柚は一人で立つ必要がある。一人で立った上で、新たに周囲との関係を結ぶことが必要なのだろう。今はまだそこまでの境地《きょうち》に至っていないが、自分が変化しつつあることを柚は感じていた。

「柚。……朝までこうしていていいか？」

柚の頬を撫でていた耀司の手が、肩から脇腹へ、足のつけ根へと滑っていく。柚は嬉しくなって耀司の唇を奪い、身体を密着させた。もっと耀司を感じたい。何度でも耀司の性器で身体の奥を開かれたい。

「たくさん、愛して下さい」

耀司の匂いを思う存分嗅《か》ぎながら、柚は囁いた。長い間焦《こ》がれていた存在を手に入れ、喜びと切なさを味わっている。この存在は柚が堕落《だらく》していけば失ってしまうものだ。耀司は隣に並んで立つ人を望んでいる。

耀司に人生を捧げたいと願っていた。今は自分の人生を生きなければと思い直している。再び横に並べる日が決して遠くないことを、柚は確信していた。

痴話げんかは狸も食わない

手の中にある小さな紙袋を見つめ、山科慶次《やましなけいじ》は途方に暮れた。

紙袋の中には睡眠導入剤とやらが入っている。慶次は生まれてこの方眠れなくて苦しんだことがないので、初めて見るしろものだ。

これを渡してきたのは伊勢谷柚《いせやゆず》という慶次より二つ年上の青年だ。小顔ではっきりした目鼻立ち、色白で柔《やわ》らかい髪の毛をした綺麗《きれい》な顔の持ち主だ。そして、少し前まで討魔師《とうまし》の先輩でもあった。柚はいろいろあって討魔師の資格をはく奪された。その彼が、慶次に頼んできたのだ。

「これを耀司《ようじ》様の飲み物に盛ってくれ」

慶次にとっては目が点になる頼みごとだった。耀司とは本家の長男で、いずれ弐式《にしき》家の跡取りとなる人だ。まずそれは犯罪なのではないかと悩み、次に耀司に薬を盛るなんて不可能だと結論が出た。そもそも慶次はそこまで耀司と親しくないし、いきなり飲み物をどうぞと言っても不審がられるだけだ。それに討魔師として罪悪感を持つようなことや、眷属《けんぞく》に駄目だと言われることはやってはならないことになっている。

「なぁ、子狸《こだぬき》、駄目だよな?　これ……どう考えても」

慶次は中庭をうろつきながら子狸に尋《たず》ねた。慶次は討魔師の資格を得て、眷属である子狸と契約を結んだ。半人前の眷属に半人前の討魔師。最初は嫌だったが、何度も仕事をこなすうちにすっかり子狸と親しくなり、今では他の眷属は考えられない状態になった。

『ご主人たま……。駄目!　絶対!』

子狸はゴム毬《まり》みたいに慶次の中で暴れ回って叫ぶ。

やっぱりそうだろう。慶次は肩を落として紙袋を握り締めた。相手が誰であれ、睡眠薬を盛るなんてしてはいけないことだ。とはいえそう言って断るには、柚に対して複雑な思いがあった。討魔師を辞めさせられるなんてこれ以上ない悲劇だし、柚が耀司に長い間恋焦《こ》がれていたのを知っていたからだ。柚は、こう言っていた。最後に想いを遂《と》げたいと。それを応援するのはやぶさかではない。

「でも犯罪だよなぁっ！　あー、俺はどうすればいいんだっ」

柚の気持ちも分かるが、犯罪に手を染めたくない。第一もし耀司にばれたらどんな目に遭《あ》うか分からない。叱責くらいで済むのか、はたまた本家への出入り禁止とか、まさか討魔師の資格をはく奪とか……!?

嫌な妄想が湧いてきて、慶次は持っていた紙袋を池に投げ捨てようかと思い詰めた。

「何してんの」

うーあーうーあと獣じみた声を上げてうろうろしていると、通りかかった弐式有生《ゆうせい》が蔑《さげす》むような目で見てきた。有生はすらりとした長身に人形のように整った顔、茶色い髪に独特な空気を持つ男だ。初夏の今日は気温が高いのもあって、作務衣《さむえ》姿になっている。有生は慶次よりずっと有能な討魔師で、本家の次男坊だ。齢二千歳ともいわれる白狐を憑けている。慶次はこの男と組んで仕事をしているのだが、いつも慶次を馬鹿にするし、ちっとも認めてくれないし、たまにいいように身体を弄《もてあそ》ばれるので腹を立てている。有生は自覚はないものの慶次のことが好きらしく、本家に来ると必ず有生の住む離れに留め置かれる。有生といると気づいたら色っぽい雰囲気になるのが目下の悩みだ。

「有生……」

慶次は陰鬱《いんうつ》な表情で有生を見上げた。柚は慶次ができないなら有生に頼めと言っていた。だが本当にこの悪魔のような男にこんな物騒《ぶっそう》なしろものを渡していいのだろうか。

「それ何？」

目ざとく慶次が持っている紙袋に気づいて、有生が目を細める。

「これはその……ごにょ……」

慶次が言葉を濁すと、有生が横からサッとかすめとる。中を覗《のぞ》く有生を観念して見つめ、事情を明かした。柚が耀司にこの薬を盛ってくれと言っている、と。

「慶ちゃん、呆《あき》れた。こんなの受け取るなんて」

有生は紙袋を丸めてポケットに突っ込むと、冷たい眼差《まなざ》しで見下ろしてきた。慶次は「ひえっ」と背筋を伸ばし、土下座せんばかりにうろたえた。

「お、俺もよくないと思って！　俺だって嫌だったんだ！　でも柚が無理やり……っ」

「言い訳は聞きたくないなぁ。慶ちゃんがこんな犯罪に手を染める奴だったなんて、がっかりだよ。討魔師として、それでいいと思ってんの？　あーこれ、絶対報告が必要なやつ。当主に言っておかなきゃなぁー。慶ちゃんは討魔師として不適切だって」

有生は慶次に背を向けて、恐ろしい発言を繰り返している。自分までもが討魔師の資格をはく奪されるのかと、慶次は真っ青になって有生の背中にすがりついた。

「ほ、ホントに、無理やりなんだって！　渡されたけど、使う気なんて……っ、って、え？」

懸命に言い募っていると、有生が小刻みに肩を震わせている。覗き込んだら、笑いをこらえているではないか。自分を脅かしていただけかと無性に腹が立ち、慶次は有生の背中を叩いた。

「有生!!」

当主である丞一《しょういち》に報告されたらどうしようと本気で焦ったのに。慶次が有生の背中を拳《こぶし》で突くと、有生が大声で笑いながら振り返った。

「慶ちゃんの情けない顔、すげーウケる」

有生はおろおろする慶次をからかっただけのようだ。ホッとしたが、心臓に悪い。

「それにしてもタスマニアデビル、おもしれーこと考えるな」

有生はにやーっと唇の端を吊り上げた。有生は柚のことをタスマニアデビルと言う。なんでそう呼ぶのか知らなくて前に聞いたら、スマホでタスマニアデビルの映像を観せられた。見かけはとっても可愛い動物なのに、恐ろしい声で威嚇《いかく》する肉食獣だ。なるほど、柚っぽいと慶次も納得した。

「そんじゃ俺があいつの長年の想いを昇華《しょうか》させてやろーかな。あの二人の気持ち悪い関係にピリオドを打たなきゃねー」

有生は悪だくみをしている顔で、軽やかな足取りになって母屋《おもや》に向かう。

「え、え、ちょっと待って。お前、何しようとしてんの?」

紙袋を持ったまま母屋に行くということは、ひょっとして耀司にその薬を盛るということか。実の兄に、なんというひどい所業《しょぎょう》。

「どーせ、あいつ、俺がやるのを見越して慶ちゃんに渡してきたんでしょ? 乗っかってあげてもいーよ。あいつはここを去る身だしね」

有生は笑いをこらえ切れないというように口元を手で押さえている。やばい。マジで薬を盛る気かも。

「待ってくれ、そんなことしたらお前だって白狐に怒られるだろ? 考え直せ、有生。それはれっきとした犯罪だ」

有生の服を摑み、必死に説得するが、有生の力でずるずると母屋に引っ張られる。

「犯罪じゃないよ。けなげな恋を応援してやるんだよ。慶ちゃんだって、あいつのこと可哀想《かわいそう》だと思ってるんだろ? 大丈夫、いざとなったら、慶ちゃんに頼まれたって言うから」

「それが悪いんだって!!」

有生と言い合いをしていると、縁側の障子《しょうじ》が開いて、当の本人である耀司が姿を現した。

「うるさいぞ、お前ら」

浴衣姿の耀司にじろりと睨まれて、慶次は身をすくめた。聞かれただろうか。自分が怒られるのも困るが、柚が叱られるのも嫌だ。慶次が慌てていると、有生がニヤニヤしながら耀司のいる縁側に近づく。

「兄さん、一服盛っていい？」

しれっと有生が言い、慶次は呆気に取られてその場に立ち尽くした。まさか正直に告げるとは、有生の思考回路はどうなっているのだろう。

「どういう意味だ」

耀司は怪訝《けげん》そうに眉根を寄せる。この兄弟は互いに独特のオーラを放っていて、二人で会話していると入り込む隙間がない。

「これねぇ、タスマニアデビルから。食後のコーヒーにでも入れて、飲んでやってよ」

有生はポケットに入れていた紙袋を耀司に放り投げる。それを受け止めた耀司は、中を見て硬直した。

「眷属がいないことを逆手に取ったな……」

耀司は頭痛を覚えたように額に手を当てている。大きなため息をこぼし、有生に顎をしゃくる。

「柚には適当に言っておけ」

耀司はそっけなく呟き、部屋の中に戻ってしまった。慶次は呆然《ぼうぜん》として有生を振り返った。今のは、どういう意味だろう。というか、あれでよかったのだろうか。

「耀司さんって柚のこと、どう思ってんの？」

耀司は慶次の前ではほとんど表情を変えないので、内心どう思っているのかさっぱり読めない。今だって柚のやることに怒っているのか、あるいはなんとも思っていないのか見当がつかない。

「俺があのタスマニアデビルを虐《いじ》めてないんだよ。分かるでしょ」

有生は機嫌のいい口ぶりで母屋に背を向けた。

「ぜんぜん分かんねー。ってか虐めてるじゃん。お前が柚に優しくしてるとこなんて見たことないですけど？」

有生は柚を虐めていないと言うが、嘘をついて困らせるし、冷たいし、仲がいいようには見えない。慶次が首をひねってついていくと、有生が呆れ顔で振り返った。

「俺があいつのトラウマを刺激してないんだよ。破格《はかく》の待遇でしょ。子どもの頃のトラウマ引っ張り出して再起不能にしてやりたいけど、兄さんに釘刺されてるからね」

有生の言う『虐めていない』という状態は、慶次の常識とはかけ離れたものらしい。柚は子どもの頃に育児放棄されて本家に引き取られたと聞いた。もし有生がそこを刺激したら、きっと大変なことになっただろう。

「耀司さんが？」

「あいつをここに連れ込んだ時にね。絶対やるなよって、言われてんの。柚を傷つけたら、本気で怒るぞって。兄さんにとって特別なんだろ、柚は」

有生に肩をすくめて言われ、慶次は顔をほころばせた。耀司がそんなふうに柚を守っていたなんて知らなかった。柚の一方通行の思いではないようだ。

「そのおかげであんな変態が仕上がったんだから、兄さんは人を見る目がないよ」

有生は憐れむように母屋に目を向けて言った。変態とはどういう意味だろう。よく分からなかったが、慶次は重荷を下ろして安堵の息をこぼした。

慶次は一週間前まで有生と仕事に取りかかっていた。山奥にある廃墟に群がる悪霊を退治してほしいというもので、仕事自体は二日前に終わったのだが、浄霊が必要な霊のために般若心経《はんにゃしんぎょう》を百枚書かなければならないというおまけがついてきた。

般若心経というのは観自在菩薩《かんじざいぼさつ》が仏陀の弟子の一人に教えを説いたありがたいお経だ。短いし覚えやすくて慶次も暗記している。短いながらこの経にはすごいパワーが込められていて、浄霊に役立っている。だから今回依頼者から浄霊を頼まれて、昇天してほしい霊体分だけ般若心経を書くことになった。廃墟には間引《まび》きや飢えで苦しんで死んだ霊が百人いた。

「うー。今日はすらすら書けない……」

慶次は有生の住む離れで、経を書いていた。有生が半分手伝ってくれたら助かるのに、例によって例のごとく「めんどいから慶ちゃん、やってね」と押しつけられてしまった。悪霊退治はほとんど有生の力で成立しているので、突っぱねたくてもできないのが現状だ。仕方なく慶次は有生の家でもくもくと筆を動かしている。

写経は見本の紙を横に置いて書くのだが、すらすら書ける日となかなか進まない日があって、今夜は後者だった。一行間違えて書いたり、誤字脱字をしたり、一枚書くのに時間がかかる。早く終わらせてとっとと家に帰りたいのに、まだ四十枚しか書けていない。それもこれも柚のせいだと思う。

柚は今日、本家を去っていった。

引っ越し業者のトラックに荷物を積んで、屋敷の人間に挨拶《あいさつ》をして出て行った。慶次としては耀司とどうなったか分からなくて、ハラハラして二人の様子を窺ったのだが、二人とも以前と変わらない様子であっさり別れたので拍子抜けした。

(柚、あの夜、どうしたんだろ……)

薬を盛るよう頼まれるなどというとんでもない問題は有生のおかげで解決した。あの後、耀司が薬を飲んだとは思えないし、二人がどうなったか知る由《よし》もない。もし柚が怒られていたらどうしようと心配だったが、柚がしょげている様子もなかった。

「なぁ、子狸、あれでよかったのかな?」

柚のいない本家は少し寂しい感じがする。耀司もそう思ってくれたらいいのだが……。

『ご主人たまー、あの二人は大丈夫だと思います』

子狸は慶次ほど心配していないようで、楽観的な答えが返ってくる。子狸がそう言うなら大丈夫なのだろう。それよりも自分の心配をしよう。写経が進まない上に、同じ文章を二度書いてしまった。やり直しだ。

「慶ちゃーん」

和室で正座して写経をしていると、引き戸の開く音がして有生が戻ってきた。

「おまんじゅうもらってきたよ」

有生は白い箱を抱えていて、ニヤニヤしながら和室に入ってきた。慶次が写経している横にあぐらを搔くと、白い箱を差し出してくる。母屋に行っていたので、いただきものでももらってきたのだろう。疲れた脳に甘いものが効くと思い、慶次は写経の手を止めて箱を開けた。

「酒まんじゅうか。美味しそうだな」

一つ手に取ると、すっと障子が開き、緋袴《ひばかま》の女性がお茶を持ってやってきた。尻にふさふさの尻尾がある、有生の世話をする狐だ。お茶とまんじゅうでほっこりしていると、有生がじりじりと迫ってきた。

「あんま寄るな。お前は危険な男だからな」

有生は隙を見せると襲ってくる危ない奴だ。口では慶次のことなど好きではないと言っておきながら、身体の関係を持とうとする。離れで厄介になっている間、何度も夜這いされて難儀《なんぎ》した。

「慶ちゃん、タスマニアデビルから餞別《せんべつ》もらったんだ。ほらこれ。未使用だからやるって」

有生は茶色い紙袋を見せて、慶次の前に差し出してくる。そういえば別れ際、柚は有生とこそこそ何かしゃべっていたようだ。

「餞別って、ふつうお前が柚にやるもんじゃ？」

首をかしげながら慶次は中を開いた。中にはローションとコンドーム、ピンク色の楕円形の物体が入っている。思わず手から落としてしまい、物体が畳に転がった。

「……」

慶次は落ちたその物体をまじまじと見つめた。ローションとコンドームはさすがに慶次でも分かる。だがこの楕円形の物体……。初めて見るが……。

「慶ちゃん、早速使ってみない？　あ、これローターだよ。大人のおもちゃ。これを慶ちゃんの乳首に当てたり、尻の穴に入れたりして、よがってる慶ちゃんが見てみたい」

落ちたローターを拾い上げて、有生が嬉々《きき》として説明する。

――慶次は拳を握った。

「おっと」

顔を近づけた有生の頬にパンチをお見舞いしたつもりだが、残念ながらそれは簡単に避けられてしまった。

「暴力反対」

有生がなおも拳を突き出した慶次の右手首を摑む。

「え。何。ちょっと、怖いんですけど」

慶次の両手首を摑んだ有生が、慶次の顔を覗き込んで啞然《あぜん》とする。それもそのはずだ。慶次は目尻に涙を溜めて有生を睨んでいたからだ。

「泣くほど嫌なの？」

有生が困惑した表情で聞く。慶次は鼻をすすって、有生をまた睨んだ。

「有生……お前のこと見損なったぞ！　こんなのを使う奴なんて……っ!!　こんな……っ、こんなのを俺に使おうとするなんて、そんなに俺が嫌いなのか!!　俺をなんだと思ってるんだ!!」

慶次が泣きながら怒鳴ると、有生が呆気にとられたように見つめてくる。

「予想外すぎて、何言っていいか分かんないけど、大人のおもちゃに嫌悪感でもあるわけ？　たかが道具でしょ」

「これは……これは悪《あ》しき呪具《じゅぐ》だぁ!!　こういうのを使うとどんどん闇に堕《お》ちていくって、父さんが言ってたんだぞ!!　俺が子狸に契約切られるようなことになったらお前のせいだからな！」

慶次は部屋中に響き渡る声でわめいた。有生が手を離すと、慶次は紙袋の中に入っていたものを元に戻して、部屋の隅に控えていた狐に押しつけた。

「これを始末してくれ」

「御意《ぎょい》」

狐は慶次の頼みをすんなり了承し、紙袋を持って部屋を出て行った。

「えー!?　慶ちゃんの命令聞いてる……っ」

有生は狐の態度におののきながら、慶次の手を引っ張って再びテーブルに戻した。

「よく分かんないけど、君の父親にそう聞いたわけ？」

有生は真面目な顔つきになって慶次に質問する。慶次は涙を拭い、こくりと頷《うなず》いた。

「俺がまだ小さかった頃……偶然そういう店の前を通って、あれが何か聞いたら父さんが教えてくれたんだ。あそこには人を堕落させる危険な品を売っているから近づいちゃいけないって。俺はずっと討魔師を目指していたから、絶対に関わりを持たないようにって……」

慶次がぼそぼそと答えると、有生がテーブルに突っ伏した。

「それ、単にごまかしただけじゃないの……？　君、やっぱり馬鹿なの？」

「馬鹿とはなんだ！　あんなの使おうとするなんて、お前こそ馬鹿だろ！」

「慶ちゃんのよがるとこ見たかっただけでしょ。大体君って思い込み激しすぎるんだよね。あれは別に悪しき呪具でもなんでもないし。使用されてたらひょっとして前の持ち主の念でも残ってるかもしれないけど、未使用じゃん」

有生と怒鳴り合いを続け、慶次はすっくと立ち上がった。

「お前なんか嫌いだ！　顔も見たくない！」

慶次はそう叫ぶなり、部屋を飛び出した。玄関に走っていくと、有生が驚いたように追いかけてくる。

「どこ行く気？」

「母屋で世話になる」

慶次は有生に背中を向けて、離れを飛び出した。有生に引き留められるのが嫌で、全速力で駆け出す。足の速さにおいては有生にだって負ける気がしない。

「慶ちゃん！」

有生の声を振り切り、母屋を目指して慶次は後ろを振り返らずに駆けた。


母屋の客間を借りて、その夜は就寝した。と言っても腹が立ってなかなか眠れなかった。あんなものを慶次に使おうとする有生に怒りが湧き、枕に向かって拳を何度も突き出した。少し落ち着いてもまた気持ちがもやもやしてきて、朝までほとんど一睡もできなかった。

本家に来た際は、離れにばかりいたので、母屋で朝食をとるのは久しぶりだ。自分の分はあるだろうかと食堂に姿を現すと、巫女様や耀司が珍しそうに声をかけてきた。客間で写経をやらせてもらいたいと頼み、しばらく母屋に居つくことにした。

「あれー、慶ちゃん。有生兄ちゃんと喧嘩でもしたの？」

食事の時間以外はひたすら写経に励んでいると、学校から帰ってきた瑞人《みずと》が気づいて面白そうに近寄ってきた。学ラン姿の瑞人は、スポーツバッグと学生鞄《かばん》を慶次の横に放り投げる。有生の名前を今は聞きたくなくて、慶次は腹立たしさを必死にこらえた。

「別に。ってか、瑞人、お前また悪さしたんだろ。勝手に真名《まな》を読んだりして」

硯《すずり》で墨を磨《す》りながら、慶次は怖い顔をして瑞人を睨みつけた。悪童というのがぴったりの瑞人は柚の眷属の真名を読み取って問題を起こした。その罰として毎晩お堂の掃除をさせられているらしい。

「やーん。罪を憎んで人を憎まずぅ」

瑞人は反省しているとは思えない素振りで笑っている。つくづく本家の嫡子《ちゃくし》は耀司以外ろくな奴がいないと思う。子狸は瑞人が嫌いなので、瑞人が来たとたん気配を消してしまった。

「あの鹿なら浄化がすんで神社に戻ったみたいよ？　真名を捨てるって方法もあるんだねー。勉強になったぁ。やりすぎ注意！」

瑞人は腕を組んでうんうんと頷く。瑞人に真名を盗まれた白鹿は一から修行をやり直すそうだ。神様からもらった真名を捨てるので仕方ないとはいえ、瑞人のせいでえらい迷惑をこうむったと思う。正直言って、井伊家より瑞人のほうが問題なのではないかと思えてくる。

「柚にぃ、俺のこと怒ってるかなぁ？　別れ際にデコピンされたんだけど、あれって愛情表現だよね？」

瑞人は半紙に筆を走らせる慶次の背中に背中をくっつけ、聞いてくる。

「それマジモードの怒りだろ……。よく愛情表現って思えるな」

瑞人の思考回路は謎だ。霊能力が高いと人間としての感覚さえ狂うのかもしれない。

「えー。そうだったの？　嘘……嘘……」

瑞人はくねくねして困った声を出す。背中が重くて筆が進まない。昨夜は有生への怒りで逆に筆が進み一晩で十枚書けたのに、今日は瑞人のせいで滞《とどこお》りそうだ。

「でも柚にぃ、耀司兄さんとお熱い関係になれたし。それって僕のおかげなんじゃないのー？」

背中越しに聞き捨てならない発言をされて、慶次は振り返った。

「えっ、って、ゆ、柚と耀司さんが……っ!?」

びっくりして聞き返すと、瑞人がくふふと笑った。

「柚にぃ、声がすごいんだもん。僕、むらむらしちゃったぁ」

瑞人は何かを思い出したのか、紅潮した頬で吐息をこぼす。慶次は真っ赤になって筆を落とした。半紙に墨が広がり、書き直し決定だ。柚と耀司は一夜を共にしたというのか。慶次にはいつもと変わりないように見えたのに。

「そ、そ、それ、あんまり言いふらすなよ！」

慶次は低い声で瑞人に釘を刺した。

「えー。なんで？　どうせ、皆知ってるんじゃないの？　柚にぃが耀司兄さん信者なのは周知の事実だしぃ。でも耀司兄さんがその想いに応《こた》えるとは僕も予想外だったなぁ。耀司兄さんって恋愛脳じゃないっていうか、そういう興味ぜんぜんなさそうだったしね」

瑞人がペラペラしゃべるのを見ながら、慶次は肩を落とした。以前から観察眼というものが自分には備わっていないと思っていたが、瑞人以下だとは知らなかった。あの耀司が遊びでセックスをするとは思えないから、柚に愛情があると思っていいだろう。それなのに、遠く離れることになっていいのだろうか。

「あ、その点、有生兄ちゃんは恋愛脳だと思うから安心して」

瑞人に抱きつかれて言われ、慶次は顔を引き攣《つ》らせた。何を安心するのか。そもそも恋愛脳とはなんだ。有生のことを思い出したら腹が立ってきて、慶次は失敗した半紙をぐしゃぐしゃに丸めた。

廊下を歩いてくる足音がして、挨拶もなく障子が開けられる。

「あ、有生兄ちゃん」

瑞人が嬉々として立ち上がる。慶次は振り向くのが嫌で、背中を向けたまま新しい半紙を取り出した。乱暴な足取りで有生が入ってきて、慶次が書をしたためている机に肘をつく。有生は白いシャツにジーンズを穿《は》いていて、シャツのボタンを開けているせいで鎖骨が見えた。

「まだ怒ってんの？」

覗き込むように言われ、慶次はじろりと有生を睨みつけた。

「やっぱ喧嘩してんだぁ？　慶ちゃんが母屋にいるの珍しいもんねー」

楽しそうに瑞人が慶次の背中に抱きついて言うと、有生が冷たい視線を瑞人に向ける。ふっと背筋が凍るような空気が流れた。とたんに瑞人が激しく身体を搔き始めた。

「ちょ、有生兄ちゃん、ひどーい！　痒い、痒い!!」

瑞人は背中や腹を搔きまくって猛抗議する。どうやら大人げない有生の攻撃に遭っているようだ。人の弱点を見抜き、なおかつそこを攻撃することのできるこの男は、瑞人に痒さ地獄を与えているらしい。瑞人は生まれつき肌が弱かったことを思い出した。

「やーん、もー!!」

瑞人は耐え切れなくなったように部屋から飛び出していった。出て行けと言わずに、霊的攻撃を繰り出す有生は本当に底意地が悪いと思う。

「慶ちゃんってば。たかがあんなもので、いつまで怒ってる気？」

瑞人がいなくなり、せいせいした様子で有生が言う。

「こっちのほうが落ち着くし、写経も進む。まだ四十五枚も残ってるんだ。邪魔しないでくれ」

慶次はつんとそっぽを向き、筆に墨をたっぷりつける。

「大体反応が過剰すぎるんだよね」

筆を滑らせる慶次の横で、有生が机を指で叩く。

「なんであんなに怒ったか考えてみたんだけど、要するにあれでしょ。柚が討魔師の資格はく奪されたのが原因でしょ」

慶次は眉根を寄せた。

有生は慶次の気持ちも知らずにしゃべっている。

「討魔師の資格はく奪されるのが現実味を帯びて怖くなったんでしょ？　だからローターごときで、びびっちゃって。眷属をつけられないくらい堕《お》ちたらどうしようって思ったんじゃ……」

慶次は硯を引っ掴み、有生に投げつけた。まさか硯を投げるとは思わなかったようで、有生は反応が遅れて首から胸にかけて墨で真っ黒になった。

「うるさいな!!　その通りだよ!!」

慶次は真っ赤な顔で怒鳴りつけた。感情が高ぶったせいで涙が出て、息も荒くなる。有生はぽかんとした顔で慶次を見ていて、それが憎たらしくて仕方なかった。

有生の指摘は正しい。昨夜自分がどうしてあれほど腹を立てたのか、慶次にもようやく分かった。柚を見ていて怖くなったのだ。討魔師でいられなくなるなんて、今の慶次にとっては死ぬほどつらい出来事だ。だからそうなる要因を少しでも減らしたかった。身を清め、心を整え、眷属と一緒にいられる健《すこ》やかな自分でありたかった。それなのに、有生は慶次を貶《おとし》めるような行為をしようとした。

「お前には分かんねーよ!!　お前みたいにできる奴とは違うんだから！」

頭に血が上って、慶次は有生に飛びかかった。一発殴ってやりたくて拳を突き出したが、有生

の手に阻《はば》まれて動けない。腹が立って有生の腕に噛みつくと、イラッとしたように有生が慶次の身体を反転させて、畳に押しつけてきた。無茶苦茶に暴れると、背中に有生がのしかかってくる。

「あーすげぇメンドくせー……。マジでイライラする……」

押さえつけてくる有生の地を這うような声が耳に届く。騒ぎを聞きつけたのか、巫女様と使用人の薫《かおる》が駆けつけてきた。薫は痩せた中年女性だ。

「何をやっておるんじゃ、お主ら」

巫女様は呆《あき》れ顔で呟く。慶次はどうにかして有生の下から這い出そうと、懸命に暴れた。それを押さえつける有生の力は強くて、慶次だけでなく有生も怒っているのが伝わってきた。

「慶次、落ち着け。有生も、その邪悪な気を引っ込めよ」

巫女様がどんと畳を踏み鳴らして告げた。清浄な空気が慶次の左耳から右耳へと通り過ぎ、あれほど怒り狂っていた気持ちが落ち着いていくのを感じた。巫女様が何かしたのだろうか?

『ご主人たまー。怒るとおいらの居心地が悪いので、平常心を取り戻してくださぁーい』

子狸のか細い声が聞こえてくる。

『やっと通じたですね。おいらの声が届かなくって心配しちゃいました』

子狸はホッとしたように慶次の心に寄り添う。眷属が離れるのが嫌で有生に対して怒りを覚えたことが、逆に眷属を遠ざける状態にしていたことに気づいた。慶次は急に悲しくなって、身体から力を抜いた。もう暴れないと分かったのか、押さえつけていた有生の身体が離れる。

「……すんません」

慶次は部屋に飛び散っている墨を見て、慌てて正座して頭を下げた。有生の服も墨で汚れているが、慶次のポロシャツも黒くなった。有生はムッとした様子であぐらを掻いている。

「本当にお主らは……、なんというかまぁ……」

慶次と有生を見下ろし、巫女様が深いため息をこぼした。

「すぐ掃除しますので。有生様、お着替えを」

薫が濡れた雑巾《ぞうきん》を持ってきて、慌ただしく動く。墨の汚れはなかなか落ちなくて、慶次は罪悪感でいっぱいになりながら掃除を手伝った。有生は不機嫌そうな顔で薫から受け取った作務衣に着替えている。有生がイライラしているせいで、部屋の空気は恐ろしく重い。薫は青ざめて作業しているし、巫女様も不快そうだ。

「喧嘩の原因はなんじゃ？」

巫女様が正座して慶次と有生を見やる。

「話すようなことじゃないです」

とても理由を言えなくて、慶次はそう嘯《うそぶ》いた。まさか巫女様にローターなどという怪しげな単語を使うとは思わないが、念のため何も言うなよという意味を込めて、有生をきつく睨みつけておいた。

「あーホント、慶ちゃんといるとイライラする。うざくてめんどくて、最悪だよ」

有生は吐き出すように言った。

「それはこっちのセリフだ。俺だってお前なんか大嫌いだし」

売り言葉に買い言葉で慶次が言い切ると、有生がいきなり慶次の髪を摑んできた。

「はぁ!?　どの口がそんなこと言うわけ!?　仕方ないから俺が折れてやろうと思って来てやったのに、そういうこと言うんだ」

有生に髪を引っ摑まれて、慶次は痛みに顔を顰《しか》めながら足で有生の脇腹を蹴った。

「何が折れてだ！　まず謝れよな!!　三歳の子どもにだってそれくらいできるわ！」

ガンガンと有生の身体に蹴りを入れていると、有生が再び慶次を押し倒してくる。

「やめんか、こら!!」

取っ組み合いの喧嘩が始まると、巫女様の一喝《いっかつ》が響き渡った。同時に白い狼が部屋に風のように入ってきて、慶次と有生をふっ飛ばした。

「うるさい、お前ら。小学生か」

しかめっ面《つら》で入ってきたのは耀司だった。和装姿で、見たことがないくらい怖い顔をしている。起き上がろうとした慶次の鼻先に、狼が迫ってくる。狼は唸《うな》り声を上げて慶次を睨みつけている。耀司の眷属に叱られたのは初めてだが、かなりの迫力だ。

「す、すみません……」

憧《あこが》れの耀司に叱られると気持ちが沈んで、慶次は居住まいを正して頭を下げた。狼は今度は有生に飛びかかった。有生は狼に首を咬みつかれて、「分かった、分かったってば」と畳の上でもがいている。さすが耀司だ。有生をこんなふうに組み敷けるなんて。

「巫女様は甘すぎるんですよ」

耀司は一瞥《いちべつ》するように巫女様を見やり、さっさと去っていった。巫女様が面目《めんぼく》なさそうにうつむいている。巫女様はなんだかんだ言って有生に甘いのだ。有生がまともに喧嘩できる相手が慶次だけだと分かっているから、孫が喧嘩するのを微笑ましくさえ思っている。

「あーコホン。また喧嘩するようなら、罰を与えるぞ。よいな?」

巫女様に厳しく言われ、慶次はしぶしぶ頷いた。有生は狼を振り払って、乱暴な足取りで立ち上がる。

「……」

有生は凶悪な顔つきで慶次を睨みつけると、障子を壊しそうな勢いで閉めて去っていった。有生がいなくなって薫がほうっと息をつく。

「よく有生様と喧嘩なんてできますね。私なんか、一緒にいるだけで押し潰されそうで」

薫は尊敬の眼差しで慶次を見つめる。

「有生と話し合いなど無理かもしれんが、折り合えるとこを見つけておけよ」

巫女様にこんこんと言い含められ、慶次はうなだれた。有生と折り合いなんて一生つけられない気がする。そう言いたかったが、慶次は言葉を呑み込んだ。自分にも悪い点が見つかったからだ。

『ご主人たまー。元気出して下さいです』

再び部屋に一人きりになると、子狸がぽんと飛び出してきて慶次の頭を撫でた。

「子狸……なんかいろいろごめん」

墨の汚れを見るたび心が痛んで、慶次は素直に謝った。何もあそこまで怒らなくてもよかったかもと思い始めていた。いくら図星だったからといって、硯を投げつけるのはやりすぎだった。

『ご主人たまー、心配しているようですけど、ご主人たまは大丈夫だと思います！　それにあのピンクの道具……あれを使ってもご主人たまが堕ちることはないですぅ』

思いがけない子狸の言葉に慶次はびっくりして後ろに引いた。

「う、嘘だろ！　あんな危険なものを使っても大丈夫だって言うのか!?」

子狸の言うことが信じられなくて、慶次は子狸の身体を揺さぶった。子狸は尻尾をぶんぶんさせて、ぽっと頰を赤らめた。

『用途はともかくただの道具であることに変わりないですから。念も入ってなかったですし。それよりも好きでもない人と交尾することのほうがよっぽど堕ちますぅ』

「ええっ!?」

慶次は青ざめてわなわなと震えた。

「じゃ、じゃあ、俺なんか堕ちまくりじゃないか!!　好きでもない有生と何度もしちゃったぞ！

もう二度とやんねー!!」

『何言ってるんですかぁ！　ご主人たまたちはラブラブですから、堕ちるどころか上昇してます！　愛をはぐくんで、幸せオーラ満載ですぅ』

子狸にきゃっきゃとはしゃがれて、慶次は納得いかなくて苦虫を噛み潰した顔になった。有生に抱かれても堕ちていないというのは安心したが、ラブラブとはほど遠いと思っているので、異議を申し立てたかった。

『それに有生たまはご主人たまを愛しちゃってますから、今もご主人たまのためにがんばってるです。ご主人たまに謝ろうと思ってるみたいですよー』

子狸は離れのある方向に耳を向け、尻尾をふりふりする。

「謝る気になったのか」

慶次は少し溜飲《りゅういん》が下がって呟いた。

あの有生が慶次に謝るなんて想像もできないが、相手が謝っているのに怒り続けるほど慶次は心の狭い人間ではない。

「そもそも俺の承諾もなしにあんな道具を使おうとするなんて、あいつのほうが百パーセント悪いだろ。なんで俺とヤること前提で言ってんだよ。俺は別にあいつの彼女でも彼氏でもねーし、ただの仕事仲間でしかないのに」

慶次はやりかけの写経に取りかかろうと墨を磨り始めた。

「長居は無用だな。今日中に写経を仕上げて、明日朝一番で家に帰ろう」

決意も新たに慶次は机に向かって筆を握った。あと四十五枚もある。とても朝までに終わるとは思えないが、やるだけやってみよう。そう決めて、必死に筆を走らせた。


囁くような声で名前を呼ばれた時、慶次は畳に転がって眠っていた。夕食を食べた後、写経に疲れて横になったことまでは覚えているが、どうやらそのまま寝てしまったらしい。

「慶次様……慶次様……」

障子の向こうから女性の声がする。慶次は眠い目を擦り、大きく伸びをしてから障子を開けた。すると廊下に緋袴の女性が膝をついて待っている。有生の離れで働いている狐だ。母屋で見たのは初めてで、慶次は目を丸くした。

「珍しいな、ここにいるの」

慶次がしゃがみ込んで首をかしげると、緋袴の女性は持っていた半紙の束をすっと差し出してきた。

「主より預かって参りました」

半紙の束を受け取って慶次はぽかんとした。達筆な文字で般若心経が書かれている。枚数を数えると、四十枚。居眠りするまで慶次がしたためたのが五枚だから、これでちょうど百枚達成となる。

「え？　これ誰が書いたんだ？」

慶次は目を輝かせて半紙をめくった。主というが、まさか……。

「もちろん有生様でございます」

緋袴の女性は深々と頭を下げて言う。

『ご主人たまー、おいらの言った通りでしたね！　有生たまはご主人たまのために、写経を手伝ってくれたんですよ！　お詫びの印ですぅ』

子狸が嬉しそうに飛び出してきて、お腹をポンポンと叩く。

「有生……こんな字上手《うま》いのかよ！　あんな性格悪いのに……」

有生の書いたという写経をまじまじと見つめ、慶次はショックを隠し切れなかった。いやそれだけではない、慶次はようやく五枚書き終えたところだというのに、その間に有生は四十枚すらすらと書けたのだ。霊能力が劣っているのは仕方ないとして、こんな面でも負けているのかと思うと悔しくなった。

「では失礼いたします」

緋袴の女性はそう言って、姿を消した。廊下にはもう誰もいない。

「うーん……」

慶次は有生の書いた写経と自分の書いた写経を重ねて、腕組みをして考え込んだ。これが詫びの印だというが、素直に謝ってくれたほうが百倍嬉しかった。どうしてごめんねの一言が言えないのだろう。

『ご主人たま、お礼を言いに行きましょう！』

子狸が楽しそうに飛び跳ねて言う。

「えー。なんで俺が……。あいつが勝手にしたことだし……。明日帰りがてらちょっと挨拶すりゃいいよ」

なんとなく有生に会いづらくて、慶次はそっぽを向いて呟いた。有生にありがとうと言うのも癪《しゃく》に障《さわ》る。そもそも有生も手伝うべきものだし、礼が欲しければ本人が持ってくるはずだ。

『ご主人たま！　もし明日有生たまが死んだらどうするんですか！』

突然子狸が慶次の頭にゴム毬みたいにぶつかってきた。結構痛くて、目を吊り上げて振り返る。

「痛ぇな！」

文句を言おうと思ったのに、子狸が真剣な顔で慶次を見ているので、怒りを抑えた。

「あいつが明日死ぬわけないだろ。あんな殺しても死ななそうな奴」

子狸が何を言いたいか分からなくて、慶次は口を尖らせた。

『でも人間なのだから死ぬことは決まってます！　ご主人たま、人間は明日死ぬかのごとく生きなければならないんですぅ！　命は有限だからですぅ』

子狸の言葉に慶次はハッとして背筋を伸ばした。子狸が大切なことを言っている気がしたのだ。

『常に後悔のないように生きなきゃ駄目なんですぅ！』

子狸がくるりと回転して尻尾で慶次の頬を叩く。これは愛のビンタのつもりだろうか？　痛みはなくむしろ気持ちよかったが、慶次は殊勝《しゅしょう》に頷いた。

「分かった。お礼、言いに行く」

子狸は半人前ながら眷属だ。その眷属のアドバイスを突っぱねるほど慶次は馬鹿ではない。

慶次は出来上がった写経をお堂に置いてくると、その足で離れを目指した。写経は明日、お焚《た》き上げをしてもらえば浄霊は完了だ。

すでに真夜中過ぎだったので、庭は真っ暗で虫の声くらいしかしなかった。足元の灯籠《とうろう》の明かりを頼りに歩いていると、先ほど写経を持ってきた緋袴の女性が行燈《あんどん》を持って立っていた。

「待ってたのか？」

慶次が駆け寄ると、静かに頭を下げて先導してくれる。弐式家の敷地は広く、東京ドーム五個分と言われていて、母屋から有生の離れまで曲がりくねった道を四、五分程度歩くことになる。けれどどういう魔法を使ったのか、緋袴の女性の後をついていくとものの一分もしないうちに離れが現れた。

「あ……」

有生が寝ているようだったら帰ろうと思ったが、本人が縁側に出て寝転がっていた。慶次にすぐ気づいて起き上がってこっちを見る。

慶次は咳払いして庭に入り、縁側であぐらを掻いている有生に近づいた。

「写経、サンキュー。すげぇ速いな」

有生と少し距離を空けて縁側に座ると、すかさず別の緋袴の女性がやってきて、慶次のための温かいお茶を置いていく。

「そりゃあそうでしょ。俺はそらで書けるから」

どうでもよさそうな口調で有生が言い、慶次は目をひん剝いて身を乗り出した。

「暗記してんのか！　あれを!?」

般若心経は難しい漢字の羅列《られつ》で、読むことはできても見本なしにあれを書くことは慶次にはできない。どうりで速いはずだ。

「初めてお前を尊敬したぞ」

慶次が目を輝かせて言うと、有生が不意打ちを喰らったように笑った。その時点で、慶次が礼を言いに来づらいと思ったように、有生も会いづらいと思っていたのが分かった。

「……俺、ちょっとナーバスになってたかも」

慶次は靴を脱いで縁側にあぐらを掻くと、しんみりした口調で語った。横にいる有生が黙って慶次を見やる。

「いろいろ言いすぎた、ごめん」

夜の空気のせいか、素直に謝ることができた。慶次が小さく頭を下げると、有生がこれ見よがしにため息をこぼす。

「俺としては納得いかないんだけど。大体さぁ、ローターの件にしてもさぁ、俺が気持ちよくなろうとしてるわけじゃなくて、慶ちゃんを気持ちよくさせようとしただけでしょ。それでなんであんなにキレられなきゃならないわけ？　意味分かんないんだけど。柚のこと気にしてるにしても、柚と慶ちゃんじゃぜんぜん違うでしょ。柚は耀司兄さんと親しくなりたくて討魔師になったような奴だし、いずれこうなるのは目に見えてた。眷属と常日頃から話し合っていれば、契約解除なんてするわけないよ。柚はずっと眷属の言い分を無視してたからね」

有生が溜めていた鬱憤《うっぷん》を晴らすようにまくし立ててきた。うるさいので遮ろうかと思ったが、有生なりに慶次は大丈夫だと言いたいのかと思い、黙って聞いた。

「っていうか喧嘩で嚙むとか、五歳児以下だよね？」

有生が袖をまくって、慶次が嚙んだ痕を見せつける。思い切り嚙んだせいか、まだ痕が残っていた。

「悪かったよ。でも写経も終わったし、明日帰るからさ。俺の顔見なくて済んでせいせいするだろ」

多少の罪悪感を覚えたので慶次は頭を下げた。有生は素直に殴られてくれる男ではないから、嚙みつくという卑《ひ》怯《きょう》な手に出てしまった。

「え」

ふっと有生の顔が曇り、急に黙り込んだ。

(ん?)

慶次は有生の顔を見て、どきりとした。てっきり「せいせいするね」と返ってくるものと思ったのに、有生があからさまに寂しいという表情をしたせいだ。

「慶ちゃん」

有生が慶次のほうににじり寄ってくる。有生にじっと見つめられて、慶次は身動きができなくなって固まった。何故か分からないが、時々有生に見つめられると動けなくなるのだ。有生は何もしていないというが、変な術でも使っているのではないかと思う。

「帰っちゃうの……?」

有生の手が慶次の頰にかかり、どんどん顔が近づいてくる。あ、これはやばい。そう思った時には有生の唇が慶次の唇をふさいでいた。

「んん、ん……」

有生の胸を押し返そうとして手を突っぱねるが、抱き込むように縁側に押し倒された。有生は寂しそうな顔で慶次を見つめる。有生の頭越しに半月が顔を覗かせていた。この空気はまずいと思い起き上がろうとするが、有生の唇がまた重なってきた。

「慶ちゃん、ずるくない……?」

慶次の両頬を手で包み込み、有生が額をくっつけて拗《す》ねた声を出す。

「な、何が……ってか、お前勝手に、こら」

有生の身体の下から逃れようと、慶次は赤くなって足をばたつかせた。有生の足が慶次の股を割り、密着してくる。何度も身体を重ねたせいで、有生の体温を感じると自然と身体に熱が灯《とも》るようになった。

「俺はここにいろって言ってんのに、いつも帰る帰るってさぁ……。たまには俺の言うことに素直に頷くとかできないわけ？」

慶次の口の中に指を突っ込み、有生が不快そうに眉を寄せる。有生の指で舌を撫でられ、慶次はぞくりとして身をすくめた。

「馬鹿……、素直に頷けること言わないお前が悪いだろ……」

慶次は紅潮した頬を厭《いと》い、有生の身体の下から這い出ようとした。すると、有生が慶次の身体をいきなり抱き上げた。ひょいと肩に担《かつ》がれ、びっくりして暴れる。いくら身長が低いとはいえ、男である慶次の身体を簡単に担ぎ上げられ、驚いて声も出ない。

「じゃ、帰れないようにする」

有生はそう言って足で障子を蹴り開けた。担ぎ上げた慶次ごと中に入り、奥にある和室の寝室へ連れて行かれる。慶次が慌てて暴れ出すと、敷かれた布団の上に乱暴に落とされた。

「こら！　何すんだ！」

布団の上で猛抗議すると、有生が覆いかぶさってきて笑った。

「明日帰れないように、たくさんしてあげる」

慶次の唇をふさいで反論を封じ込めると、有生は熱い身体を押しつけてきた……。


有生とは気づいたら何度も身体を重ねてしまっていた。

報酬代わりだったり、無理やりだったり、寝込みを襲われたりと状況はさまざまだが、結局のところ本気で抵抗していないのが問題なのかもしれない。

腹が立つし、ぜんぜん好きでもないし、こんな乱れた関係よくないと分かっているのに、有生の手で身体中を撫でられると、気持ちよくなって犬みたいに腹を見せてしまう。特に今夜流されてしまったのは、有生が捨てられた子犬のような寂しそうな瞳を見せたのが原因だ。小憎《こにく》たらしい奴なのに、あんな顔をするなんて反則だ。

「こら、馬鹿、もう……痕つけるのやめろよな……」

有生に首筋をきつく吸われて、慶次は厭《いと》うように腕を突っぱねる。有生は慶次の衣服を剝《は》ぎ取り、自分も全裸になると、慶次の性器を扱きながら首筋に痕をつけている。前回キスマークが残っていると知らずに帰宅して、親や兄から不審な目で見られてごまかすのが大変だった。

「痕が消えるまで居ればいいじゃない」

慶次の耳朶《じだ》を甘く嚙んで有生が囁く。

「わざとかよ……、も……、ぁ……っ」

有生の手の中で先走りの汁を垂らす性器が恥ずかしくて、慶次はシーツの上で身悶《みもだ》えた。首に吸いつく有生の顔を押しのけると、今度は慶次の指が喰われる。有生の舌が指にねっとりとからまり、気持ち悪いのに腰に熱が溜まっていく。有生の舌が指の股をなぞると、変な声がこぼれそうになる。

有生は性器を握っていた手を慶次の背後に回す。長い指先が尻のラインを撫でる。

「慶ちゃん、ここ……俺の指は入れていいの？」

有生の手が尻のすぼまりを突く。意地悪な言い方に慶次はムッとしたが、有生の目が冗談を言っているようではなかったので表情を弛《ゆる》めた。どうやら有生は本気で聞いているらしい。そんなこと何度も繫がっているんだから言わなくても分かるだろうと思ったが、有生は慶次の返事を待つように尻のすぼまりを指で押してくる。

「俺のペニスはいいの……？　ローターと何が違うの」

有生は慶次の尻を揉みながら、顔を近づけて囁くように聞く。

「じゃ、じゃあ全部駄目……」

つい視線を逸《そ》らしてそう言うと、有生の指が乳首を引っ張り上げる。

「分かった、じゃあお尻弄《いじ》らない」

有生は感情のない声で告げると、慶次の乳首に舌をからませた。片方の乳首を指で弾かれ、片方の乳首を舌で嬲《なぶ》られる。一度に両方の乳首を愛撫されると、急速に全身が熱くなり、息が乱れた。

「な、なんだよ、それ……、ぁ……っ、ぁ……っ」

いやらしい音を立てて乳首を吸われ、ずきりと身体の芯が疼《うず》く。慶次の性器はとっくに硬くなり先走りの汁を出しているが、どこか物足りなくて腰がひくついた。

「や……っ、あ、あ……っ」

乳首を指で引っ張られ、ぐりぐりとねじられる。甘い電流が腰に走って、慶次はひくひくと震えた。有生の唇が乳首から離れると、尖った乳首が濡れて光って、くらくらした。乳首でこんなに感じるようになったのは有生のせいだ。毎回しつこいほど乳首を弄るから、すっかりそこが感じるようになってしまった。

「有生……、も……っ、あ……っ」

絶え間なく乳首を弾かれ、慶次は息を詰めて悶えた。乳首への刺激は気持ちいいが、達するほどではない。性器を触ってほしくて腰をもじつかせると、有生が乳首を甘噛みする。強い刺激が全身を伝い、身体の奥がじんとした。我慢できなくて性器に手を伸ばしたが、思ったほどの快感が戻ってこなかった。

「お尻、弄ってほしいんじゃないの？」

舌先で乳首を弾き、有生が情欲を湛《たた》えた目で言う。慶次はどきりとして耳まで真っ赤になった。まさか、と反論したかったが、性器を扱いても何故か達することができない。

「慶ちゃん、中ですごい感じるもんね。こっち弄っただけじゃ、もう物足りないでしょ」

有生に煽《あお》るように言われ、激しい羞恥で目が潤んだ。

「そ、そんなこと……」

性器を扱いて絶頂感を得ようとしても、逆に萎《な》えていく。自分の身体の変化に戸惑い、慶次は頭が真っ白になった。有生に触られれば感じるのに、自分でやっても気持ちよくないなんて。

「嘘……有生、やだ、なんとかしろよ……」

慶次は混乱してかすれた声を出した。有生がふっと笑って、濡れた指を慶次の尻の中に潜らせる。

「……っ、ぁ、あ……っ」

有生の指で奥を弄られたとたん、まるで身体が待ち望んでいたように性器が反り返った。有生の指が内部の感じる場所を探している。慶次は腰をくねらせるようにして、息を荒らげた。

「あ、や……っ、嘘……っ、俺……っ」

入れた指をぐねぐねと動かされて、慶次は腰から下に力が入らなくて甲高《かんだか》い声を上げた。有生が起き上がって慶次の足を持ち上げると、二本の指で尻の内部をぐちゅぐちゅと掻き回す。急速に快楽が高まり、ひっきりなしに甘ったるい声が漏れた。全身が熱くて、発汗している。

「待って、有生、ま……っ」

奥の感じる場所を指で激しく弄られて、慶次は腰を揺らした。はぁはぁと息が乱れ、頭の芯までぼうっとする。自分で扱いてもイけなかったのに、有生の指で奥を弄られて今にも達しそうになっている。

「ここ、でしょ……。ここ弄られると、すぐイっちゃうよね」

有生が指の腹で前立腺を刺激する。その言葉に引きずられるように、慶次は荒々しく息を吐き出すと射精してしまった。

「ひ……っ、は……っ、はぁ……っ、はぁ……っ」

性器の先端から噴き出した液体は、慶次の腹や胸に飛び散っている。慶次は紅潮した頬で、布団の上に腕を投げ出した。身体がおかしくなっている。どうして有生の愛撫がこんなに気持ちいいのだろう。

「お……前、また何か、した……んだろ……」

忙しなく呼吸を繰り返しながら、慶次は真っ赤な顔で有生を睨みつけた。有生は中に入れた指で内壁を広げている。

「何もしてない。慶ちゃんの身体を開発はしたけど、俺が思うより慶ちゃんの身体はずっとやらしかったってだけ」

有生は布団の脇に置いてあったローションを慶次の尻に垂らす。冷たくてびくっとなると、宥《なだ》めるように撫でられる。

「そんなことない、俺は……、お前のせいで……」

自分でやるより有生にされるほうが気持ちいいなんて、この先どうすればいいのだろう。こんな身体にしたのは有生だ。

「お前、責任取れよな……、俺の身体、変になってるじゃねーか……」

自分の身体が情けなくて恥ずかしくて、慶次は詰《なじ》るように呻《うめ》いた。ローションをまとって三本の指が慶次の尻に入ってくる。苦しいのに、ぞくぞくして慶次はシーツを乱した。

「責任って、どうやって？　一生慶ちゃんとエッチするとか？　それくらい全然構わないけど」

有生が笑いながら中に入れた指を広げる。

「ば、馬鹿ッ！　そんなことじゃねー!!」

慶次が慌てて声を荒らげると、有生がわざと音を立てて指の出し入れをする。ぐちゃぐちゃと濡れた音が尻から聞こえ、銜《くわ》え込んだ有生の指を締めつけてしまう。有生と一生セックスするなんて、そんなのは絶対ごめんだ。まだ結婚の夢だって捨てたわけじゃない。こんなふうに死ぬまで気持ちよくさせられたら、頭がおかしくなる。

「我慢の限界、入れるよ」

有生はそう言って指を引き抜くと、慶次の両足を持ち上げた。待て、と思った時には尻のすぼまりに有生の硬くなった性器を当てられていた。それはぬめりを伴って、慶次の中に入ってくる。

「馬鹿、ば……、あ……っ、や、あ……っ」

逃げようと思っても有生に覆いかぶさられ、ぐいぐいと性器を押し進められる。狭い尻の穴が有生の形に広がり、熱が身体の奥を埋め尽くす。

「あ、あ……っ!!」

慶次は仰《の》け反《ぞ》って呻き声を上げた。ずん、と奥まで有生の性器が入ってくる。とたんに身体が弛緩《しかん》して、涎《よだれ》が出そうなほど気持ちよくなってしまった。

「……はぁ、ここで耳が出るんだ……」

慶次の奥に自身を埋め込み、気持ちよさそうな声を出して有生が呟いた。慶次は声もなく身体を仰け反らせていて、荒々しく息を吐き出した。眷属と契約してから、慶次は理性を飛ばすと耳や尻尾が出るようになった。いや、それよりも——。

(指より、有生の性器のほうが気持ちいい)

慶次ははぁはぁと胸を喘がせ、その事実におののいていた。有生と目が合い、無意識のうちに銜え込んだ性器を締めつけてしまう。有生が「ん……っ」と甘く呻き、ぺろりと唇を舐める。

「慶ちゃん、やらしー。中、うねうねして俺のこと締めつけてる」

有生の指で乳首を弾かれ、慶次はうろたえて首を振った。有生の耳も出てきて、互いに興奮していることがばれてしまう。

「ち、ちが……っ、身体が……、勝手に」

慶次は腰をもじつかせて目を潤ませた。内部が収縮して、有生の形がはっきり分かるくらい、ぎゅうぎゅうに締めつけている。止めたくても、自分じゃ止められない。

「気持ちいいんでしょ、これ……」

有生が小刻みに律動して慶次の足を広げてくる。内部にいる有生の熱が動き出すと、息が乱れて身体中が敏感になった。先ほど達したばかりなのに、また射精してしまいそうだ。有生の性器で擦られると、甘い声が絶え間なくこぼれる。

「ぁ……っ、や、あ……っ、い、いい……っ、気持ちぃー……っ」

今までもセックスのたびに感じていたが、今夜はひときわ身体が熱くなっていた。有生と久しぶりにするせいかもしれない。とんとんと奥を突かれて、目尻から涙がこぼれるくらい気持ちよくなった。

「すっご……、あー、やばい……」

怖いくらいじっと慶次を見つめていた有生が、呼吸を荒らげて腰を抱え直した。

「よがってる慶ちゃん見てたら、俺もおかしくなりそう……っ」

有生は激しく腰を突き上げながら、吐き出すように言った。ゆるやかな律動から一転してめちゃくちゃに奥を穿《うが》たれ、慶次は四肢を引き攣らせて喘いだ。

「駄目、だ、め……っ、やぁ……っ、イ、っちゃ……っ」

肉を打つ音に眩暈《めまい》がする。有生は慶次の足を押さえつけて、激しく内部を擦り上げていく。濡れた音が響き渡り、繋がった奥が熱く疼いて、慶次は嬌声《きょうせい》を上げた。脳天まで突き抜けるようなすごい快感に襲われ、つま先がぴんとなる。

「ひあ……っ、あああ……っ、や、だ……っ、こ、わい、待って、ま……っ」

身体がびくびくと跳ねて、あまりの快感に怖くなった。有生は慶次の制止も聞かずに、ひたすら内部を蹂躙《じゅうりん》する。熱くて、苦しくて、漏らしてしまいそうな心地よさだった。自分の甘ったるい大きな声が部屋中に響き渡る。

「慶ちゃん、締めないで、まだ出したくない……っ」

獣じみた息を吐き、有生が屈《かが》み込んで口走る。慶次はどうにもできなくて、嬌声を上げながら生理的な涙をこぼした。繋がっている部分が溶けるようだった。有生の性器を銜え込んだ内部は動くのを阻止するようにきつく締めつけている。

「慶ちゃんってば」

焦《じ》れたように有生が言って、慶次の唇を吸った。食《は》むように吸われ、深く重なってくる。慶次は夢中になって有生の唇を吸い返した。気持ちよくて何も考えられない。有生とくっついている身体が心地よくて、有生の首に手を回して抱きつく。

「く……っ」

有生が何かに耐えるような声を出し、息を詰めた。すると身体の奥にじわっと熱い液体が広が

るのが分かった。有生は腰を穿つようにして、残りの精液を注いでくる。

「はぁ……っ、はぁ……っ」

有生は肩を上下させて息を吐き出しながら、慶次の背中に手を回した。そして繋がった状態のまま身体を持ち上げてくる。

「ひ……っ、は……っ、は……っ」

慶次はぐったりして有生に抱きついていた。有生は座位の状態で慶次を抱き締め、汗ばんだこめかみや鼻先にキスをしてきた。

「今の気持ちよかったね……、俺はまだイきたくなかったのに」

有生の手が優しく慶次の頬を撫でる。有生の唇が重なってきて、舌が潜り込んでくる。慶次はまだぼーっとしていて、有生にされるがままに身を委《ゆだ》ねていた。繋がっている場所からどろどろと有生の精液が伝っている。

「慶ちゃん……ずっとイってたの……？」

有生の手が脇腹を撫でていく。そんな些細な動きにも慶次はひくりと震えた。ゆっくりと有生が腰を揺らすと、「あっあっ」と鼻にかかった声が漏れる。ずっと絶頂感を味わっているみたいだった。有生が動くと、身体がおかしくなったみたいに過敏に反応する。

「可愛い」

有生の手が背中に回り、慶次をぎゅっと抱き締める。慶次は有生の肩に頭をもたれさせ、引き攣れるような息遣いで喘いでいた。

「あのねぇ、慶ちゃん……。言っとくけど、俺だって慶ちゃんには討魔師やめてほしくないんだからね……」

有生が耳朶を甘く嚙み、腰をゆさゆさと揺らす。尻の中に熱を埋め込まれただけで、頭の芯まで蕩《とろ》けた。有生の手で胸を撫でられると切ない声が漏れる。こんなに気持ちよくなるなんて、自分の身体はどこかおかしいのかもしれない。

「なんだよ、それぇ……」

絶え間なく快楽を与えられ、慶次はろれつの回らない声を出した。

「だから……。あんなに怒るとは思わなかった、ごめんってこと……」

慶次の首筋を啄《ついば》みながら有生が小声で言う。慶次は驚いて有生を見つめた。有生が自分に謝るなんて初めてだ。聞き間違いではなかろうかと瞬きを繰り返した。有生は照れ隠しのように慶次の尻を鷲摑《わしづか》みにして、わざと激しく揺らす。

「あ、ずる……、や、ンぅ、あぁ……っ」

まともにしゃべれなくさせるように有生はガクガクと慶次を揺さぶる。下から突き上げられ、身体が跳ね上がる。

「やっぱ今の取り消して。慶ちゃんに謝るなんてどうかしてた」

有生は眉根を寄せて、慶次の乳首を吸い上げた。歯で引っ張られ、強烈な快楽に襲われる。怖いのに身体の芯まで痺れるような気持ちよさだ。

あの有生がまともに謝るなんて、やっぱり自分のことを相当好きなのだろう。そう考えたとたん、腰が熱くなり、胸がざわざわして息が乱れる。自分もおかしい。有生相手にきゅんとするなんて、頭がいかれたとしか思えない。

(マジで俺たち、ラブラブなのか……?　嘘だろ……)

有生の熱を身体の奥で痛いほど感じながら、慶次は考えるのをやめた。

こんにちは&はじめまして夜光花です。

『狼に捧げたい －眷愛隷属－』をお読みいただきありがとうございます。初めてこの本を読んだ方は『眷愛隷属 －白狐と貉－』と『きつねに嫁入り －眷愛隷属－』も一緒に読んでいただけると嬉しいです。

今回は兄の話ということで、相手をどうしようか悩んだのですが、兄が恋愛にあまり興味がなかったので受けが攻めを熱烈に好きというのにしてみました。あと動物番組を見ていたらタスマニアデビルが出てきて、こういう受けとかどうだろうと。タスマニアデビル本当に可愛いんです。でも凶暴な声なんです。そのギャップがいいなと使ってみました。実はこのシリーズ、ラストは必ず閨で終わるというお約束があります。最後は仲良くイチャイチャで終わりたいなと。

有生&慶次の話も入れてほしいと言われたので、後ろに二人の話もくっついてます。この二人は本当に書きやすくていつでもさらさら書けます。進歩してないようで、ちょっとずつ進歩しているという。主に有生が。有生が恋愛感情を自覚するのもあと少しという感じですね。有生が恋愛感情を自覚したらどうなるか想像してみたのですが、本人的にはあり得ないことだと頑なに思い込んでいるのでショック死するかもしれませんね。新しいパターンかもしれない。ってそれは冗談ですがまたどこかで書けたらいいなと思っています。

イラストを描いて下さった笠井あゆみ先生、いつも本当にありがとうございます。兄と柚がめちゃくちゃ素敵で見惚れてしまいます。そして毎回眷属の絵が楽しみなんですが、狼と白鹿がかっこよくて額縁に飾りたいくらいです。ラフ画の眷属も可愛くてたまりません。お忙しいのに素晴らしい絵をありがとうございます。

担当様、スムーズなお仕事をさせてもらえて感謝です。遅くまで仕事しているようなのでお身体には気をつけて下さい。またよろしくお願いします。

読んで下さった皆様、感想などありましたらぜひ聞かせて下さい。このシリーズ好きだと言ってもらえると嬉しいです。

ではでは。また次の本で出会えるのを願って。

夜光花

◆初出一覧◆
狼に捧げたい －眷愛隷属《けんあいれいぞく》－　／書き下ろし
痴話げんかは狸も食わない　／書き下ろし

狼に捧げたい －眷《けん》愛《あい》隷《れい》属《ぞく》－

2018年8月20日 第1刷発行

著 者――夜光 花

発行者――太田歳子
発行所――株式会社リブレ
〒162-0825 東京都新宿区神楽坂6-46ローベル神楽坂ビル
営業 電話03(3235)7405 FAX 03(3235)0342
編集 電話03(3235)0317
印刷所――株式会社光邦

定価はカバーに明記してあります。
乱丁・落丁本はおとりかえいたします。

この書籍の用紙は全て日本製紙株式会社の製品を使用しております。

Printed in Japan
ISBN 978-4-7997-3969-3